The Westing Game

繼承人遊戲

Ellen Raskin
艾倫・拉斯金——著
黃鴻硯——譯

獻給珍妮——她要我寫一個解謎推理故事

以及蘇珊·K

目次

專家導讀

一場令人著迷的懸疑遊戲

文／林怡辰（教育部閱讀推手）

你可有膽量挑戰《繼承人遊戲》？

四十年前的偵探故事，現在讀來竟然依舊令人驚訝！角色、布局、謎題、架構……一直到最後，都捨不得放手，而讀完之後，滿足的闔上書頁，竟然不知道該歸類到曾讀過偵探小說中的哪一類？這就是《繼承人遊戲》的魅力。

但，讀之前，要有心理準備，作者艾倫．拉斯金沒有想要輕易降低對讀者的要求，她不知道什麼「適合小孩」、「適合青少年」，她很認真的看待這部作品，不覺得要「降低水準」，因為，年齡多小都值得好作品。

這部作品，網路上有很多讀者自述被前幾章打敗，直到後來再次接觸，才發現有多精采。為了避免你有這樣的後悔，我必須誠摯的提醒，這部作品本身就是一個令人著迷的文字遊戲，裡面有許多偽裝，出場的人物光是競爭繼承的角色就高達十六個人，更別提名字之外還有綽號，建議讀者進入情節之前，想先克服角色與人名眾多的障礙，也許拿筆畫出人物關係，是一個好方法。

如果你可以挑戰成功，看懂人物之間的關係，你會逐漸熟悉這些人物，在腦海裡因為作者的描寫，而浮現一個個真實可信的形象，彷彿他們都在身邊。但你以為作者就這樣放過你？想太多！

開始，就是一個謎題，誰？誰找來這六組房客？偵探懸疑的場景已經準備好，在一棟五層樓閃亮的公寓，名叫「日落塔」，望出去的風景，令人著迷。在這樣美麗的地點附近，陰森森、十幾年沒有人煙的威斯汀宅邸，冒出了詭異的煙霧。然後，報上刊登了紙業大亨山姆．威斯汀在家中死亡的消息。而搬進日落塔的十六名住戶，竟然成了遺產繼承人？

紙業大亨山姆．威斯汀留下了兩億美金的遺產，但要繼承遺產，不是這麼簡單的事。繼承人們想得到這令人目眩神迷的財產，必須參加山姆．威斯汀設計的遊戲，從他給的線索，推理出誰是藏身在十六名繼承人中的——謀殺犯！是的，山姆．威斯汀是被謀殺的！

謀殺犯在身邊，危險在周圍。竊盜、跟蹤、爆炸、流血事件開始層出不窮……表面上的形象和不為人知的祕密，一層一層，被隱藏在深處的謎底……

你若以為，這本書只有這樣，就太小看橫跨四十年光陰的經典了。在閱讀過程中推敲，不妨注意每個情節背後角色的變化。十六位繼承人，不同個性、國籍、職業、想法，一一登場，不停熟悉彼此，從個性的缺失出發，豐收了彼此的包容和關懷，若挑戰成功、撐過人名的試煉，你會佩服作者巧妙的構思和鋪排，會對人物細節而折服，還會對隱藏在背後的溫暖、關懷、善意和體貼而感動。

你，備好紙筆來挑戰《繼承人遊戲》了嗎？

登場人物介紹

山姆·溫·威斯汀：白手起家的威斯汀紙業大亨，身後留有超過兩億美金的遺產。

巴尼·諾思魯普：日落塔的房產業務員。

奧提斯·安柏：傻裡傻氣的送貨員。

亞歷山大·麥索瑟：大家都稱他山迪，是日落塔的門房。

愛德加·簡寧斯·普拉姆：律師，負責執行威斯汀遺囑。

朱利安·R·伊斯曼：威斯汀紙業總裁。

席尼·塞克斯：醫師，同時也是威斯汀郡的驗屍官。

柏斯·愛麗卡·可洛：日洛塔的女清潔工，同時在貧民窟創辦善救世慈善廚房。

芙蘿拉·波拜克：日落塔2C住戶，新娘禮服裁縫師。

賽德爾·普拉斯基：日落塔3C住戶，舒茲臘腸公司總裁的祕書。

荷西—喬·福特：日落塔4D住戶，第一個獲選為州立法官的黑人女法官。

丹頓·迪爾：醫院實習醫生，安潔拉·韋克斯勒的未婚夫。

●席歐多拉基斯家：日落塔2D住戶

喬治・席歐多拉基斯：在日落塔的一樓經營咖啡店，生意忙碌。

凱瑟琳・席歐多拉基斯：與丈夫喬治一同經營咖啡店。

席歐・席歐多拉基斯：大兒子，高中生，經常幫忙咖啡店的生意。

克里斯多斯・席歐多拉基斯：二兒子，大家都叫他克里斯，喜歡觀察鳥類，但因病行動不便而長年坐輪椅。

●韋克斯勒家：日落塔3D住戶

傑克・韋克斯勒：專治足部的醫師，在日落塔一樓大廳設有診間。

葛蕾絲・溫瑟・韋克斯勒：自稱曾經是室內設計師，熱中於安排大女兒的婚姻。

安潔拉・韋克斯勒：大女兒，外貌姣好，總是在刺繡，與丹頓・迪爾有婚約。

小龜・韋克斯勒：二女兒，國中生，生氣時喜歡踢人，熱愛研究股票市場。

●胡家：日落塔4C住戶

詹姆斯・信・胡：胡家餐館的老闆，脾氣暴躁，但擅長發明。

桑林・胡：胡先生的第二任妻子，來自中國。

道格拉斯・胡：獨子，大家都稱他道格，高中的田徑明星。

日落塔樓層圖

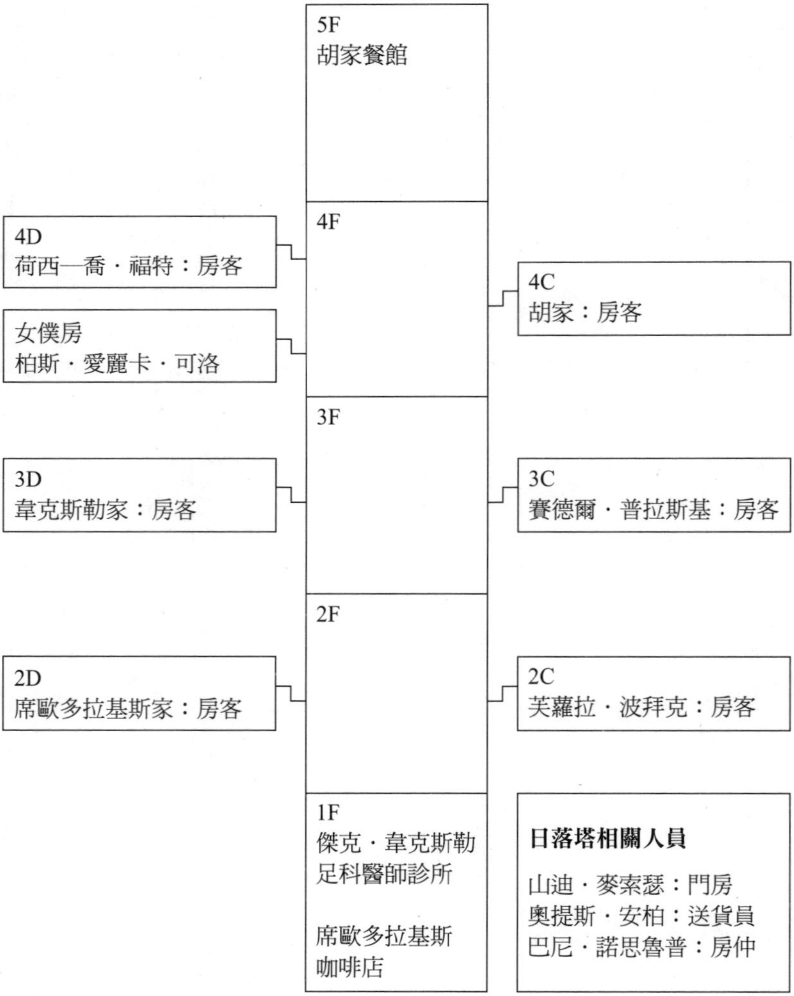
5F
胡家餐館
4D
荷西—喬・福特：房客
女僕房
柏斯・愛麗卡・可洛
4F
4C
胡家：房客
3F
3D
韋克斯勒家：房客
3C
賽德爾・普拉斯基：房客
2F
2D
席歐多拉基斯家：房客
2C
芙蘿拉・波拜克：房客
1F
傑克・韋克斯勒
足科醫師診所
席歐多拉基斯
咖啡店
日落塔相關人員
山迪・麥索瑟：門房
奧提斯・安柏：送貨員
巴尼・諾思魯普：房仲

角色關係圖

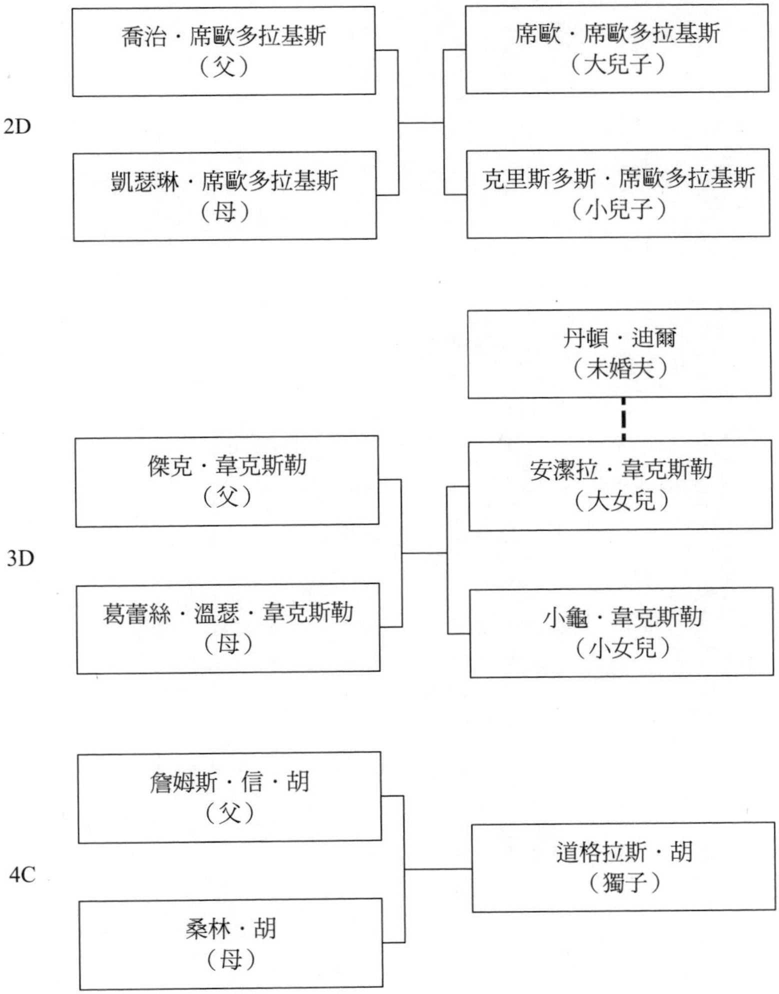
2D
喬治・席歐多拉基斯（父）
凱瑟琳・席歐多拉基斯（母）
席歐・席歐多拉基斯（大兒子）
克里斯多斯・席歐多拉基斯（小兒子）
3D
丹頓・迪爾（未婚夫）
傑克・韋克斯勒（父）
葛蕾絲・溫瑟・韋克斯勒（母）
安潔拉・韋克斯勒（大女兒）
小龜・韋克斯勒（小女兒）
4C
詹姆斯・信・胡（父）
桑林・胡（母）
道格拉斯・胡（獨子）

繼承人組別

第一組	桑林・胡（廚師） 傑克・韋克斯勒（足科醫師）
第二組	小龜・韋克斯勒（國中生，興趣是研究股市） 芙蘿拉・波拜克（裁縫師）
第三組	克里斯多斯・席歐多拉基斯（不良於行的男孩，興趣是賞鳥） 丹頓・迪爾（實習醫師）
第四組	山迪・麥索瑟（門房） 荷西—喬・福特（法官）
第五組	葛蕾絲・溫瑟・韋克斯勒（自稱是威斯汀大亨的親戚） 詹姆斯・信・胡（胡家餐館的老闆）
第六組	柏斯・愛麗卡・可洛（清潔女工） 奧提斯・安柏（送貨員）
第七組	席歐・席歐多拉基斯（高中生，咖啡店幫手） 道格拉斯・胡（高中生，田徑隊明星隊員）
第八組	賽德爾・普拉斯基（祕書） 安潔拉・韋克斯勒（待嫁女孩，興趣是刺繡）

The Westing Game

繼承人遊戲

1 ♦ 日落塔

太陽往西邊落（這大家都知道），日落塔卻面向東邊。真怪！日落塔面向東邊，而且沒有塔樓。那是一棟閃亮、裝了許多玻璃的五層樓公寓，孤伶伶的立在密西根湖畔。五層樓都是空的。

接著有一天（剛好是七月四日[1]），有個看起來極不尋常的送貨員騎車在城裡繞，來到獲選的未來房客家門口，將一封封信塞到門縫下。那些信上的署名是「巴尼．諾思魯普（Barney Northrup）」。

送貨員六十二歲了，他不是別人，正是巴尼．諾思魯普本人。

1 七月四日為美國國慶日。

給幸運的你：

出現了！你一直夢寐以求的公寓。租金絕對付得起，地點在密西根湖畔最新、最豪華的建築內：

日落塔

- 每個房間內都有觀景窗
- 有穿制服的門房和女僕為你效勞
- 配備中央空調系統、高速電梯
- 尊貴地段，靠近優良學區
- 好處說不完

親眼來看才會相信，但這優雅得不可思議的公寓只接受預約看屋。動作快，只剩最後幾個物件了！！！現在就撥打 276-7474 聯絡本人，接受這一生只有一次的提案吧。

巴尼·諾思魯普為您服務

P.S. 招租以下空間：

- 醫師診所，位於一樓門廳
- 咖啡店，面對停車場出入口
- 高級餐廳，頂樓整層供使用

他只送了六封信，就六封。巴尼・諾思魯普一個一個、一戶一戶的跟那些看房子的人聊啊聊啊聊，為他們導覽日落塔和周邊環境。

「看看那些玻璃，都是單向玻璃。」巴尼・諾思魯普說：「你看得出去，沒人看得進來。」

韋克斯勒一家人（這天的第一組預約客戶）抬頭看，建築物正面反射的燦爛晨光刺得他們睜不開眼睛。

「看到那些吊燈了嗎？都是水晶的！」巴尼・諾思魯普對著占滿大廳牆面的鏡子順了順黑色小鬍子，調正領帶。「覺得這地毯如何？很厚實吧！」

「太棒了。」韋克斯勒太太回答，她緊抓著丈夫的手臂，高跟鞋搖搖晃晃的深陷在長毛地毯中。她也努力瞄了鏡子一眼，欣賞自己的模樣。接著電梯門開了。

「你們真的很幸運。」巴尼・諾思魯普說：「空房只剩一間了，但你們一定會愛上，簡直是為你們量身打造的。」他用力打開房號3D的門。「現在快看，令人無法呼吸對吧？對吧對吧對吧？」

韋克斯勒太太倒抽一口氣，眼前的景象確實令人無法呼吸。客廳的其中兩面牆是從地板延伸到天花板的鏡子。她在巴尼・諾思魯普的帶領下繞了整間公寓一圈，不斷發出「噢」、「哇」的讚嘆。

跟在她後方的丈夫就沒那麼激動了。「這是什麼？臥室還是更衣室啊？」傑克．韋克斯勒（Jake Wexler）望進最後一個房間。

「當然是臥室啊。」他的妻子回答。

「看起來像個更衣室。」

「噢，傑克，這公寓對我們來說太完美了，完美。」葛蕾絲．韋克斯勒（Grace Windsor Wexler）撒著嬌向丈夫爭取。第三個房間的空間確實有點小，但給小龜剛剛好。「傑克，你的診所還可以設在大廳呢，想想看這代表什麼？你不用再開車上下班，也不用除草或鏟雪了。」

「容我提醒你們一件事。」巴尼．諾思魯普說：「這裡的租金比你們舊家的維修費還便宜。」

他怎麼會知道？傑克納悶。

葛蕾絲站在前窗，望向馬路和樹林的後方，沉靜的密西根湖就在那裡閃閃發光。湖景！她等不及要讓那些住豪宅的「朋友們」來看看這地方了。家具得重新整修，不對，她要買新家具——要選米黃色天鵝絨。她還要去訂做信紙——藍色邊，上緣用花俏的字體印出：葛蕾絲．溫瑟．韋克斯勒，湖畔日落塔。

⋯

並不是每個未來的房客都像葛蕾絲那樣雀躍。賽德爾・普拉斯基（Sydelle Pulaski）在接近傍晚時分抵達，抬頭一看，只看到日落塔的正面映照出樹梢和流動的雲朵。

「妳真的很幸運。」巴尼・諾思魯普第六次，也是最後一次說出那句台詞。「空房只剩一間了，但妳一定會愛上，簡直是為妳量身打造的。」他打開建築物深處的套房大門。「現在快看，令人無法呼吸對吧？對吧對吧對吧？」

「並沒有啊。」賽德爾・普拉斯基瞇著眼看夏日的陽光在停車場後方落下。她想要有個自己的家已經想了好幾年，如今就在眼前，在有錢人住的優雅建築物內。不過，她想要有湖景的房間。

「靠湖面的公寓都有人住了。」巴尼・諾思魯普說：「再說祕書的薪水很難負荷那裡的房租。相信我，妳只要花三分之一的錢就能享有同樣的奢侈生活。」

至少側窗的風景很怡人。「你確定沒人看得進來？」賽德爾・普拉斯基問。

「百分之百確定。」巴尼・諾思魯普說。她懷疑的望向北方懸崖上的大宅，他也跟著看過去。「上面是威斯汀家的舊宅邸，已經十五年沒人住了。」

「嗯，我得考慮一下。」

「妳後面還排了二十組人求我租給他們。」巴尼・諾思魯普用他的暴牙吐出謊話。「要就住，不要就拉倒。」

「我住。」

不管巴尼・諾思魯普究竟是何方神聖，他至少是個優秀的業務員。在一天之內，他就把日落塔所有公寓房間租出去了，房客們的姓氏也已好好的印在大廳內凹空間的信箱上：

辦公室◇韋克斯勒診所

大廳◇席歐多拉基斯咖啡店

2C◇芙蘿拉・波拜克

2D◇席歐多拉基斯家

3C◇賽德爾・普拉斯基

3D◇韋克斯勒家

4C◇胡家

4D◇荷西—喬・福特

5 ◇ 胡家餐館

這些經過特別挑選的房客是什麼人？他們是母親、父親、子女；是裁縫師、祕書、發明家、醫師、法官。喔，對了，有一個是賭博業者，一個是小偷，一個是炸彈客，還有一個是弄錯人了。巴尼．諾思魯普把其中一間公寓租給了不該租的人。

2 ◆ 鬼，或是更可怕的東西

九月一日，獲選（以及錯選）的房客搬進來了。建築物的北邊圍起了鐵絲網，上頭有個牌子：

不准進入——這是威斯汀家的土地。

新鋪好的車道在這裡急轉彎，折返它來時的方向，並沒有越過城市的邊界。日落塔坐落在離市中心較遠的城鎮邊緣。

九月二日，主打道地中式料理的胡家餐館盛大開幕了，只有三個人來用餐。這確實是個尊貴地段，對詹姆斯・信・胡（James Shin Hoo）來說尊貴過頭了。不過在停車場旁邊的咖啡店價位較低，一直忙著幫房客「外送」早餐、午餐、晚餐，也供餐給附近的威斯汀鎮勞工。

日落塔是一棟安靜、管理得當的大樓，住在這裡的人似乎都很滿意（除了不斷抱怨的胡先生之外）。鄰居以「早安」或「晚安」或友善的笑容問候彼此，然後關起門來解決一些各自的小問題。

因為大問題還沒來呢。

⁝

時間來到了十月底。刺骨的寒風刮起枯葉，吹拂著站在日落塔車道上四個人的腳踝，不過他們都沒有發抖。還沒呢。

矮壯、寬肩、身穿門房制服的男人雙腳大開站立著，雙手叉腰，他叫亞歷山大．麥索瑟（Alexander McSouthers），綽號山迪（Sandy）。另外兩個瘦巴巴、儀容整齊的高中生正遮擋著眼前刺人的嚴寒，他們是席歐．席歐多拉基斯（Theo Theodorakis）和道格拉斯．胡（Douglas Hoo）。還有一個矮小結實的男人，手指著山丘上的房屋，他是奧提斯．安柏（Otis Amber），六十二歲的送貨員。

他們面向北方，目瞪口呆，彷彿在發現異狀的那一刻被鑄成了雕像。後來小龜．韋克斯勒（Turtle Wexler）騎腳踏車飆上車道，風箏尾似的辮子飄啊飄的。

「看！你們看！那裡有煙——有煙從威斯汀家的煙囪冒出來了。」

其他人早就看到了，不然她以為他們在看什麼？

小龜倚著手把，上氣不接下氣。（巴尼．諾思魯普說得沒錯，日落塔附近有很棒的學校，不過國中在六公里外。）「你們覺得……你們覺得老威斯汀是不是在裡面啊？」

「不可能，」老送貨員奧提斯．安柏回答：「他已經好幾年沒出現了，現在應該住在南方海上的某個私人小島，不過大多數人都說他已經死了，死很久了。還說他的屍體現在還在那棟古老的大宅裡，在高級的東方風地毯上攤成一個大字，包住他壞心腸的血肉都爛掉了，蛆在他的眼窩裡爬呀爬的，還會從鼻孔裡鑽出來。」送貨員交代完那些陰森的細節，還加了三聲尖笑，呵，呵，呵。

這下子有人開始發抖了，是小龜。

「他活該。」山迪說。這位門房大多時候都很開朗，但也經常抱怨二十年前遭到威斯汀造紙廠開除的事。「不過上頭一定有人，有個活人，不會錯的。」他將鑲著金色飾帶的制服帽往後拉，瞇起金框眼鏡後方的雙眼望向那棟房子，彷彿冉冉升起的煙霧會將答案寫在秋天的空氣中。

「也許又是那些孩子。不，應該不可能。」

「什麼孩子？」三個孩子很想知道答案。

「唉，就是威斯汀鎮那兩個不幸的小鬼。」

「什麼不幸的小鬼？」三個孩子轉頭望向送貨員。道格拉斯・胡低頭閃過小龜順勢掃過來的辮子。不管是不是故意的，任何人只要碰到她的寶貝辮子，她就會踢那人的小腿，好個臭小妞。道格拉斯不能冒險，大賽馬上就要來了。這位明星跑者開始原地跑步暖身。

「可怕，太可怕了。」奧提斯・安柏打了個冷顫，戴得很鬆的飛行員皮帽在他細長的臉上晃呀晃的。「仔細一想，事情正好就發生在一年前的今晚，就在萬聖節這天。」

「發生了什麼事？」席歐・席歐多拉基斯不耐的問。他要去咖啡店上班，現在已經遲到了。

「告訴他們吧，奧提斯。」山迪催他。

送貨員摸了摸尖下巴上的鬍渣。「一切的開端好像是打賭引起的，有人賭一美金，說他們絕對不敢在那個鬧鬼的房子裡待五分鐘。他們就為了那一美金跑過去了！那兩個可憐的孩子剛走進面向我們這一側的威斯汀家落地窗沒多久，馬上就衝了出來，像是被鬼追似的。鬼……或是更可怕的東西。」

更可怕的東西？小龜忘了她不斷抽痛的牙齒。席歐和道格年紀更大，見過更多世面，他們對彼此眨了眨眼，但還是決定留下來把故事聽完。

「其中一個小孩發瘋似的衝出來，不斷尖叫，叫到頭都要從脖子上滾下來了，直到人掉到懸崖下方的石地才停下來。另一個小老弟則是從此之後只會說兩個字，紫什麼的。」

山迪幫了他一把。「紫波（Purple waves）。」

奧提斯．安柏悲傷的點點頭。「是啊，那可憐的小老弟坐在州立療養院內，不斷說著『紫波、紫波』，還用害怕的眼神一直盯著自己的手。因為他跑出威斯汀家時，雙手流著溫熱鮮紅的血。」

現在他們三個人都打冷顫了。

「可憐的孩子，」門房說：「就為了一美金的打賭，吃那麼多苦。」

「把規則改成每待一分鐘給兩塊吧，來賭啊。」小龜說。

⋯

某人正盯著車道上的那群人。

是十五歲的克里斯．席歐多拉基斯（Christos Theodorakis），他在2D公寓的前窗窗邊，看著自己的哥哥席歐和瘦小、綁了一條辮子的女孩握手（他們一定賭了什麼），然後衝進大廳。他們家開的咖啡店現在一定很忙，他哥半小時前就該進櫃台幫忙了。克里斯看了一眼牆上的時鐘。兩小時後，席歐就會上來送晚餐，到時候就能跟他說說那個瘸子的事了。

這天下午稍早，克里斯的視線隨著一隻紫燕飛越一片懸鉤子叢，通過橡樹林，停到丘頂的紅色楓樹上。後來鳥飛走了，但有別的動靜吸引了他的目光。某人（他看不出是男人還是女人）從草坪的暗處走出來，開啟落地窗，進入威斯汀大宅中。那個人有些跛腳。幾分鐘後，煙囪就飄出煙了。

克里斯再度面向側窗，瞄了一眼懸崖上的房子。落地窗關著，十七道窗戶後方的厚重窗簾都完全拉上。十七道，他數過好幾次了。

日落塔裝了特殊的玻璃窗，所以不需要窗簾。他能往外看，但沒人能從外頭看到他。那為什麼他有時候還是會感覺到什麼人的視線呢？是誰在看他？神嗎？神為什麼要看他？

望遠鏡掉到男孩的大腿上。他的頭一扭，身體縮成一團，激烈的痙攣襲向他。放鬆，席歐很快就會來了。放鬆，那些野雁很快就會以V字陣形飛向南方了。是加拿大雁。放鬆，放鬆，看風將煙霧吹向威斯汀鎮吧。

3 ◆ 房客來去

樓上的3D，安潔拉・韋克斯勒（Angela Wexler）站在跪墊上面無表情一動也不動，彷彿是櫥窗裡的假人。她的淺藍色眼珠眨也不眨一下，直盯著湖面看。

「轉身吧，親愛的。」裁縫師芙蘿拉・波拜克（Flora Baumbach）說，她住在二樓的小公寓內，也以那裡為工作室。

安潔拉緩慢的轉了四分之一圈。「哇噢！」

芙蘿拉被那小小的驚呼嚇到，一根大頭針從她短而胖的手指間掉下去，她也差點吞下嘴裡含的另外三根。

「請謹慎一點，波拜克太太。我家安潔拉的皮膚可細嫩了。」葛蕾絲・溫瑟・韋克斯勒坐在米黃色天鵝絨沙發上，監督女兒的結婚禮服是否合身。她頭上掛了二十四幅裱框的花朵畫作，都是她徹底發揮審美品味小心挑選、擺放的。她原本有可能成為室內設計師，而且是很優秀的那種，可惜她咄咄逼人又有一大堆要求。

「媽，波拜克太太沒刺到我。」安潔拉平靜的說：「我只是看到威斯汀家的煙囪冒出煙來，嚇了一跳。」

芙蘿拉．波拜克原本小心翼翼的在地上爬來爬去尋找大頭針，這時她停下動作，灰色直瀏海後方的眼珠往上一看。

韋克斯勒太太將咖啡杯放到浮木咖啡桌上，轉頭想看得更清楚一點。「我們肯定是有新鄰居了，我得開車上去送他們喬遷禮才行。他們可能也會需要我給點室內布置的建議。」

「嘿，你們看！有煙從威斯汀家飄出來了！」

小龜捎來的消息又慢了一步。

「噢，是妳啊。」韋克斯勒太太看到自己的另一個女兒，似乎總是會大感意外，小龜跟有著金髮、天使面孔的安潔拉差太多了。

芙蘿拉．波拜克找到了大頭針，原本想起身，這時又立刻蹲下去保護她絨布地毯上的小腿。她昨天在大廳拉了小龜的辮子一下，現在腿還在痛。

「奧提斯．安柏說老威斯汀的屍體在東方風地毯上發臭、腐爛。」

「天啊，喔，我的天啊。」芙蘿拉．波拜克驚呼。韋克斯勒太太則不悅的

「嘖」了一聲。

小龜決定不要繼續把那個恐怖故事說完。她就算被殺掉或是變成一個胡言亂語的瘋子，她媽也不會在意。「波拜克太太，妳可以幫我縫女巫裝的褶邊嗎？我今晚就要用。」

韋克斯勒太太說：「妳沒看到她正忙著做安潔拉的結婚禮服嗎？妳為什麼非得穿那種愚蠢的衣服？說真的，小龜，我不知道妳為什麼堅持要把自己弄得那麼醜。」

「結婚禮服才蠢咧。」小龜吼了回去。「現在沒人要結婚了，會結婚的人也不穿那麼蠢的結婚禮服啊。」她賭氣的說：「再說，誰會想嫁給那個臭屁、自以為什麼都懂的白臉醫生……？」

「夠了，別再伶牙俐齒了！」韋克斯勒太太跳起來作勢要打人，實際上卻是伸手扶正一張裱框的花朵畫作，再順了順她時尚的蜂蜜金髮型，然後才坐下。她從沒打過小龜（但她遲早會出手的）——而且現在還有外人在場。「迪爾醫生是個優秀的年輕人。」她解釋給芙蘿拉．波拜克聽，而這位裁縫師回以禮貌的微笑。「安潔拉很快就要改名成安潔拉．迪爾，聽起來不是很棒嗎？」裁縫師點點頭。「這麼一來，我們家族裡就有兩個醫生了。妳又要跑去哪？」

小龜站在前門那裡。「我要下樓跟爹地說威斯汀家冒煙了。」

「立刻回來，妳明明知道妳爸下午有手術。為什麼不回房間看妳的股市報告，或是做妳平常在房裡做的事。」

「有些房間，當更衣室還嫌太小呢。」

「小龜，我來幫妳縫女巫裝的褶邊。」安潔拉提議。

韋克斯勒太太對著她一身白的完美女兒露出燦爛笑容。「妳真是個天使呢。」

⋮

柏斯．愛麗卡．可洛（Berthe Erica Crow）的衣服是黑色的，皮膚是無血色的白。她看起來很嚴肅，事實上應該說是很僵硬。僵硬且嚴肅得很合理。沒人猜得到，她在韋克斯勒醫生切除雞眼時看似毫無動搖，其實胃在翻攪。

在那位足科醫師逐漸稀薄的淺棕色頭髮中，透出了粉紅色頭皮的細紋。她低頭看著，但噁心感完全沒有紓緩。於是她輕聲哼歌，把視線放到靠北邊的窗戶。

「有煙！」

「小心點！」傑克．韋克斯勒差點連她的小趾一起切掉了。

這位女清潔工盯著威斯汀家看，不知道自己差點失去了小趾。

「請妳坐好。」傑克開口，但他的病人沒有聽到。她以前一定是個漂亮的女子，歷經滄桑後變得無比憔悴。褪色的頭髮在枯瘦後頸上結成一個緊緊的圓髻，在光線照射下閃著金紅色光澤。她的側臉很秀氣，唯一的缺陷是緊咬而前凸的下巴。不過回到正題，他每逢禮拜五都特別忙，還有好幾通電話得打。「請坐好，可洛女士。我就快好了。」

「什麼問題？」

傑克輕輕將她的腳放到椅子的腳架上。「妳的小腿好像受傷了。」

「什麼？」兩人的視線一度交會，接著她別過頭去。這害羞（或是心懷某種罪惡感）的可洛女士說話時沒看著他。「你女兒小龜踢了我一腳。」她口齒不清的說，然後再度望向威斯汀家。「不信教的家庭就是會有那樣的下場。山迪說威斯汀的屍體還在那上頭，在一張東方風地毯上腐爛，但我才不信。如果他真的死了，他現在一定在受地獄之火烘烤。我們都有原罪，每個人都有。」

⋯⋯

「你說他的屍體在東方風地毯⋯⋯某種波斯地毯或中國地毯上腐爛是什麼意思？」胡先生在五樓餐廳的玻璃側牆旁跟兒子碰面。「你為什麼要浪費寶貴的時間，聽一個想像力過度發達的老送貨員說那些屁話？你應該要去念書才對啊。」那不是一個問句，道格拉斯的父親從來不問問題。「別對我聳肩，去念書。」

「當然好，爸。」道格小跑步穿過廚房，跟父親辯是沒有用的，不需要告訴他明天不上課，只有田徑隊練習。他沿著後方樓梯往下慢跑。不管他搬出什麼藉口，他爸只會說：「去讀書，去讀書。」他慢跑進入胡家在後側的公寓，在沒鋪東西的地板上做伸展運動，然後做了二十下仰臥起坐，每做一次就念一句「去讀書」。

晚餐時間，只有兩個顧客訂位（胡家餐館可以容納一百個人）。胡先生大力一甩，闔上訂位簿，胃痛的他一手按著大肚腩，另一手拆開巧克力棒的包裝，趕在胃酸使潰瘍再次發疼前快速吞下。他又回來了。哼，威斯汀這次無法輕易脫身的。只要他還活著，就別想。

穿著白色長圍裙的嬌小女子，不發一語的站在餐廳東側窗邊，她熱切的盯著無邊無際的灰濛，彷彿望向密西根湖的遙遠彼岸就能看到中國。

⋮

褐紅色的賓士車沿著彎曲的車道前進，然後停在入口處。山迪・麥索瑟向車行了個禮，然後打開車門。只有面對荷西—喬・福特（Josie-Jo Ford）法官時，他才會這麼講究禮節。「法官，妳看上面，威斯汀家冒煙了。」

鑽出駕駛座的黑人女性身材高大，穿著合身的套裝，一頭修得很短的頭髮混著一些白髮。她將車鑰匙交給門房，然後興致缺缺的望了一眼山丘上的房子。

「據說上頭沒住人，只有威斯汀老頭在東方風地毯上腐爛。」山迪從後車廂拿出裝滿東西的公事包，並且轉述其他人的說法。「法官，妳認為世界上有鬼嗎？」

「關於那煙，一定有更合理的解釋。」

「妳說得沒錯，這是當然的，法官。」山迪打開沉重的玻璃門，跟著法官穿過大廳。

「我只是轉述奧提斯・安柏的說法。」

「奧提斯・安柏是個蠢蛋，可能根本是個徹頭徹尾的瘋子。」荷西—喬・福特法官快步走入電梯。她不該那麼說的，她可是第一個獲選為州立法官的黑人，也是第一個獲選該職位的女性。她度過了難熬的一天才口出惡言，就是這樣。是這樣嗎？看來，山姆・溫・威斯汀（Samuel W. Westing）總算回來了。嗯，她可以賣掉車子、向銀行借貸，然後還他錢——用現金還。但他會收嗎？「麥索瑟先生，請不要把我剛剛對於奧提斯・安柏的評價說出去。」

「法官，別擔心。」這位門房護送她來到4D門前。「妳告訴我的事情，我一定保密到家。」這是真的。荷西—喬・福特是日落塔住戶中，給他最多小費的人。

⋮

「我看到有、有、有……」克里斯・席歐多拉基斯向哥哥轉達消息時太激動了，一直結巴個沒完。結果一隻手卻痙攣扭曲的伸到了他的頭上。蠢手。

席歐在輪椅旁蹲下。「克里斯，聽我說，我來告訴你山丘上那棟鬧鬼城堡的故事。」他壓低嗓音神祕兮兮的說：「克里斯，有個大人物在那裡，但那裡沒有其他人，只有大富翁威斯汀先生，而且他已經死了。跟壓扁的金龜子一樣死透了，屍體在被蟲蛀壞的東方風地毯上腐爛著。」

克里斯放鬆下來了，就像每次哥哥開始講故事時一樣。席歐非常會編故事。

「蟲在死人的頭顱上爬進爬出，也進出他的耳朵、鼻孔、嘴巴，還有身上所有的洞。」

克里斯笑了，但他很快又換回平靜的表情。他應該要表現出害怕的樣子才對。

席歐湊近他。「腐爛的屍體上方高掛著閃閃發亮的水晶吊燈，光線閃呀閃的，但宛如昏暗墓穴的房間裡，完全沒有一絲空氣在流動。」

宛如昏暗墓穴的房間——克里斯心想，席歐有一天會成為一位好作家。他不想告訴哥哥上頭的房子有個活人，跛腳的活人，這樣會破壞這個美妙、陰森的萬聖節故事。

於是克里斯安靜的坐著，身體放鬆、面帶微笑，懷著純粹的愉快心情，聽哥哥訴說鬼魂、食屍鬼、紫波的事。

3C的房客賽德爾·普拉斯基總是說：「微笑能讓人心碎。」不過根本沒人理會她。

⋮

賽德爾·普拉斯基費力的跨出計程車，屁股領頭。她不胖，只是因為擔任祕書多年，老坐著工作，讓她屁股變大了。要是有個淑女點的下車方式該有多好。她與高高的三角形包裹和裝滿東西的購物袋搏鬥著，鑲著綠色萊茵石的眼鏡從豐厚的鼻梁上滑了下來。要是那個懶惰的司機肯幫她一把就好了。

她只給了五美分的小費，他才不會幫忙呢。司機用力關上後門，沿著彎曲的車道疾馳而去，跟山迪開往停車場的賓士擦身而過。

至少那個「需要他時永遠不在」的門房已經先開了前門。不過他永遠不會幫她就是了，也不會注意到她。

從來沒有人會多看她一眼。賽德爾・普拉斯基一跛一跛的走過大廳。那個包裹裡可能裝著火力強大的來福槍，但也不會有人注意到。她搬進日落塔是希望多認識一些優雅的人，但到目前為止，沒有半個人邀請她進門喝杯茶。沒有人願意多看她一眼，除了那個微笑方式令人心碎的男孩，和那個長辮子的討厭女孩——竟然敢踹她的小腿，那女孩一定會後悔的。

賽德爾・普拉斯基狼狽的搬東西，耳環和幸運手環叮咚作響。她打開3C大門的好幾道鎖，進門後又上了門栓。如果大家願意聽她的話加裝多段鎖，竊盜案就會變少了。但沒人聽她說話，沒人在乎。

她將購物袋裡的東西放到鋪了塑膠布的餐桌上：六罐瓷釉、油漆稀釋劑、刷子。她解開那個長長的包裹，拿出四根木頭拐杖靠牆放著。太陽朝停車場的方向逐漸西沉，不過賽德爾・普拉斯基並沒有看向她身後的窗戶。站在側窗邊就能看到煙從威斯汀家冒出來，但賽德爾・普拉斯基沒注意到。

「從來沒有人把賽德爾・普拉斯基放在心上。」她喃喃自語。「不過他們接下來就會了，他們會的。」

4 ◆ 發現遺體

萬聖節的月亮是滿月。除了內縮的下巴外，小龜．韋克斯勒全身上下每一吋看起來都像是女巫，尖帽下沒綁辮子的黑髮在風中飛揚，一顆假疣黏在小小的鷹鉤鼻上。她真心希望自己可以騎著掃帚飛向威斯汀家，而不是手忙腳亂、四肢並用的在石頭上爬行，還得帶著一堆必備品。黑色長披風下的牛仔褲口袋鼓鼓的，塞滿了今晚一定派得上用場的東西，守夜是很危險的。

道格．胡已經抵達懸崖頂端，駐紮在草地上那棵楓樹後方了（這位田徑明星是萬中選一的計時者，因為他在威斯康辛州跑得比誰都快）。她來了，時間差不多了。他膝蓋以下的腳埋在潮溼的葉子裡發抖，這對腿部肌肉可沒什麼好處。他的拇指放在碼表按鈕上，準備按下。

落地窗開著，小龜瞇眼看著房內的黑暗。窗開著，彷彿有某人或某物在等待她到來。鬼魂不存在，如果真的存在，只要友善的對它說話就行了。（鬼就像狗一樣，感覺得到人的恐懼。）鬼，或是更可怕的東西——奧提斯·安柏是這麼說的。嗯，就連比鬼「更糟」的東西都傷不了小龜·韋克斯勒。她內心純潔、行事正派，只會在自我保護時踢別人小腿，那不算數。她不怕，一點也不怕。

「快點！」樹後方的道格催她。

一分鐘賺兩塊，二十五分鐘就可以付《華爾街日報》的訂閱費了。她可以待上一整晚。小龜檢查了一下口袋：兩個三明治、手電筒、跟山迪借的隨身酒瓶裝滿了橘子汽水，還有她媽媽的銀飾（能驅趕吸血鬼）。她鼻子上的假疣塞住了鼻孔，黏膩又散發著甜味（她用安潔拉的香水泡過，就算被鎖在有發臭屍體的房間也不會怎麼樣）。小龜深深吸了一口夜晚的冷空氣，然後痛得縮了一下。她只怕牙醫，不怕鬼或……別去想什麼紫波，想想一分鐘兩塊錢。好了，一——二——三——三點五——衝！

道格不時查看碼表。九分鐘。

十分鐘。

十一分鐘。

突然間，嚇人的尖叫聲（年輕女孩的叫聲）刺穿了夜晚。他該進去嗎？還是說，是那臭小鬼的把戲？又一聲尖叫傳來，位置變近了。

「呀啊啊啊啊啊！」小龜緊抓著腰間的斗篷，衝出威斯汀家。「呀啊啊啊啊！」

⋯

小龜看到威斯汀的屍體了，不過它沒腐爛，也沒在東方風地毯上躺成大字。有個死人躺在四柱床上，蓋著被子。

「紫——色，紫——色，」[2]一陣規律如心跳的呢喃將她引到二樓的主臥室（還是「小——龜，小——龜」呢？總之很恐怖），然後……

也許她在做夢。不，不可能，她從樓梯跌下來之後全身發痛。

月亮沉落，窗外一片漆黑。小龜躺在狹窄房間的窄床上，等待著（天是黑的，仍是黑的），等待著。最後，動作緩慢的早晨爬上懸崖，使威斯汀家復活了。那是呢喃者之家，死亡之家。兩塊錢乘以十二分鐘等於二十四塊錢。

啪！早報砸到前門了。小龜躡手躡腳的穿過沉睡的公寓，拾起報紙，爬回床上。死者在頭版的照片中瞪著她。那張臉比她看到的還年輕，短鬢的顏色比較深。但那是他，不會錯的。

民眾發現山姆．威斯汀死於家中

發現？除了道格之外，沒人知道那個被窩裡的屍體。而且道格不相信她。發現屍體的人是誰？發出呢喃的人？

昨晚民眾發現，十三年前失蹤的神祕大亨山姆．溫．威斯汀死於威斯汀鎮的大宅，享壽六十五歲。

他是獨子，父母皆為移民，十二歲成為孤兒，自學有成、工作勤勞，利用薪資積蓄買下了一家小紙廠。他白手起家，最終建立了龐大的威斯汀紙業，也開闢威斯汀鎮，讓數萬名工人與他們的家人居住。他擁有的房地產價值估計超過兩億美金。

小龜重讀了一次：兩億美金。哇！

2 英文的purple和turtle音相近。

外人問起他的成功祕訣時，這位大亨總是回答：正派生活，勤奮工作，運動家精神。威斯汀是個典範人物，不煙不酒，從來不賭博，而且熱愛休閒遊戲，是西洋棋高手。

小龜進過遊戲室，在那裡撿了一根撞球桿當作武器拿上樓。

山姆．威斯汀也非常愛國，舉辦的國慶慶祝活動趣味十足，非常有名。他會精心編導歷史劇，而且一定會客串登場，可能會扮成班傑明．富蘭克林，也可能扮成一個卑微的少年鼓手。也許民眾心中印象最深的，是他出人意料的扮成貝特西．羅斯[3]。

歷史劇結束後是各種遊戲比賽和宴會，而威斯汀先生會在日落時穿上山姆大叔[4]的服裝，在自家草坪前面放煙火。這煙火施放蔚為奇觀，十幾公里外也看得到。

煙火！看來地下儲藏室裡那些印著「危險——爆裂物」的箱子裡，裝著舊式煙火吧。如果同時施放，那會是什麼樣的「奇觀」啊。

紙業大王的晚年蒙上了一層悲劇性的陰影。他的獨生女薇歐莉特在婚禮前一天溺斃，兩年後，他精神困頓的妻子拋棄了家庭。威斯汀先生離婚後並未再婚。

五年後，一位發明家為了拋棄式紙尿布的商品權利與他對簿公堂。駕車前往法院途中，山姆．威斯汀與友人席尼．塞克斯（Sidney Sikes）碰上嚴重的車禍，一度性命垂危，兩人送醫時傷勢相當嚴重。塞克斯康復後繼續在威斯汀鎮行醫，並重返郡驗屍官崗位，不過威斯汀自此再也沒有出現在眾人面前。

從未獲得證實的傳言指出，他在南方海域的私人小島上控制著整個威斯汀紙業。董事會成員名單中仍有他的名字。

威斯汀的遺體在湖畔家中被人發現的消息傳出後，威斯汀紙業總裁朱利安．R．伊斯曼（Julian R. Eastman）的發言人表示：「我們就跟各位一樣意外，而且深感悲傷。」塞克斯醫師的回應是：「悲劇人生的悲劇結局。」山

3 一般公認的美國國旗設計者。

4 美國的擬人化形象，戴著高禮帽和藍禮服，留著山羊鬍。

姆．威斯汀真的是個很偉大、很重要的人物。」

葬禮將採取不對外公開形式，威斯汀的遺產代理人表示這是威斯汀生前的要求。民眾可捐款給美國盲人保齡球協會代替獻花。

小龜翻頁，但沒有其他下文了。就這樣？

沒提到遺體是如何被發現的。

沒提到床邊桌上擺著一個信封，上面有顫抖的潦草字跡：如果有人發現我死在床上。她慢慢湊近四柱床，一邊用手電筒讀著那些字，接著摸到了一隻手，質感如蠟的死者之手，擺在紅、白、藍三色的被褥上。她在自己的尖叫聲中看到了那張長著白鬍子的面孔，然後回過神來拔腿就跑，結果絆到撞球桿摔下樓梯，撞凹了山迪的扁酒瓶，其他東西也都掉了。

報導並沒有根據兩個可疑的花生醬、果醬三明治做出任何假設，也沒有提到手電筒或銀十字架項鍊。

沒提及可疑人士在屋子附近徘徊，沒提到誰目擊了女巫，沒提到草坪上的腳印：釘鞋和六號運動鞋留下的。

噢，好啦，她沒什麼好怕的了（除了弄丟媽媽的十字架之外）。老威斯汀先生八成是死於心臟病或肺炎——屋子裡頭有風漏進來。小龜將摺好的報紙藏進桌子抽屜，照鏡子數了一下身上的瘀青數量（七個），穿上衣服。有四個人知道她昨晚進了威斯汀宅，而她準備去找他們：道格拉斯．胡、席歐．席歐多拉基斯、奧提斯．安柏和山迪。他們欠她二十四塊美金。

⋮

到了中午，六十二歲的送貨員開始跑腿了，他要派送律師愛德加．簡寧斯．普拉姆委託的六封信。奧提斯．安柏知道信裡寫什麼，因為其中一封是給他的：

您是山姆．溫．威斯汀的財產受益人之一，請於下午四點前往威斯汀宅南邊圖書館旁聆聽遺囑宣讀。

「也就是說，威斯汀老頭留了一些錢給你。」他這樣解釋：「在簽收單上簽名就是了。啥？你問『職位』是什麼意思？就是工作上的職位，這是為了確保讓正確的人收到信件。」

葛蕾絲．溫瑟．韋克斯勒在那格寫上「家庭主婦」，接著畫掉，寫上「女繼承人」。接著她想知道：「還有誰？有幾個人？多少錢？」

「恕我無法透露。」

其他繼承人似乎也被天外飛來的遺產嚇了一大跳，丟出一大堆問題騷擾他。胡太太在簽收單上打了個叉，然後讓丈夫幫她填名字和職位。席歐想幫弟弟代簽，但克里斯堅持要自己簽。他緩慢、痛苦的寫下「克里斯多斯・席歐多拉基斯，賞鳥家」。

太陽沉到日落塔停車場後方時，送貨員奧提斯・安柏就完成跑腿的任務了。

5 ◆ 十六個繼承人

雲氣如大理石紋路般的天空，沉甸甸的壓在灰色大湖上。葛蕾絲・溫瑟・韋克斯勒將車子停在威斯汀家的車道上，大步走她兩個女兒的前方。她丈夫不願意來，但那不重要。她想起家族中據說有個「富豪叔叔」（也可能是叔公——反正他叫山姆），因而深信自己是合情合理的繼承人。（傑克是猶太人，不可能是山姆・溫・威斯汀的親戚。）

「真不知道我的銀十字架項鍊去哪了。」她邊說邊把玩著貂皮大衣下的金鍊子，然後停下來欣賞那棟大宅。「我說啊，安潔拉，我們或許可以在這裡舉辦婚禮……小龜，妳現在要晃到哪去？」

「那封信說……算了，沒事。」小龜知道走草地那邊的落地窗可以進到圖書館，但她覺得不要解釋自己為何知道比較好。

幫她們打開前門的人是可洛。日落塔的清潔女工總是穿著黑衣，不過她的穿著提醒了葛蕾絲．韋克斯勒，拿起蕾絲手帕輕拭一下眼角。這裡可是喪家呢。

沉默的可洛幫安潔拉脫下毛皮大衣，對她的白領、白袖口藍天鵝絨洋裝點頭表示讚賞。

「毛皮我自己帶著，」葛蕾絲唯恐被哪個窮親戚摸走大衣。「裡面似乎挺冷的。」

小龜也在喊冷，但她媽脫下她的大衣，露出下面那件大兩號、過長四吋、蓬蓬又皺皺的粉紅色禮服，那是安潔拉的舊衣服。

「請隨便找地方坐。」律師一直在圖書館長桌那裡整理信封，沒看他們一眼。

韋克斯勒太太坐到他右邊，向自己偏愛的女兒打了個手勢。安潔拉坐到母親身旁，從大大的織錦肩背包中取出新娘繡巾，開始刺繡。小龜倒在第三張椅子上，假裝從來沒看過這個圖書館裡空無一物、髒兮兮的書架。突然她嚇了一跳坐挺身體。房間另一頭的角落有個高起的檯子，上頭放著一具沒封蓋、以彩旗覆蓋的棺木。裡頭躺著死人，看起來跟她發現他時沒兩樣，唯一的差別是他穿著山姆大叔的服裝——包括那頂高帽。他蠟黃的雙手在胸前交疊，按著小龜母親的銀色十字架。

葛蕾絲．韋克斯勒忙著招呼下個進來的繼承人，沒注意到這件事。「唉呀，迪爾醫生，沒想到你也在這裡。不過當然了，你很快就會成為我們家族的一員了。來，坐你未婚妻旁邊。小龜，妳換位子。」

總是很匆忙的丹頓．迪爾（Denton Deere），親吻了一下安潔拉的臉頰，他身上仍穿著醫師長袍。

「我不知道今天要舉辦睡衣派對耶。」小龜讓位，用力跺步到桌子另一頭。

⋯

下一個繼承人害羞的進門了。她矮矮胖胖的，雙唇抿出一個調皮的微笑，嘴角鉤得很高，可能都碰到她剛硬直髮下面的耳朵了，那耳朵肯定是對尖耳。

「妳好，波拜克太太。」安潔拉說：「妳應該沒見過我的未婚夫，丹頓．迪爾。」

「能娶到這樣的美嬌娘真是幸運，迪爾先生。」

「是迪爾醫生。」韋克斯勒太太糾正她，並困惑的想，這個裁縫師為什麼會出現。

「您說得是，當然了。很抱歉。」芙蘿拉．波拜克感覺到自己在房間這一頭不受歡迎，於是繼續往前走。「嗨，介意我坐妳隔壁嗎？我保證不會拉妳的辮子。」

「那就好。」小龜縮在座位上，小小的下巴靠在交叉的手臂間。這角度什麼都看得到，就是看不到棺材。

葛蕾絲．韋克斯勒大大的「嘖」了一聲，不理會下一個繼承人。那個討人厭的矮子甚至不懂得要摘下那頂愚蠢的飛行員皮帽。「嘖。」老天爺啊，他到底是來這裡做什麼的？

送貨員大喊：「笑一個吧，奧提斯．安柏來了！」小龜笑了，芙蘿拉．波拜克竊笑，葛蕾絲．韋克斯勒又咂了一下嘴。「嘖！」

道格．胡和他爸安靜的進門，而山迪則是由衷的向大家問好。「嗨！」還開心的揮了揮手。他穿著門房的制服，不過帽子拿在手裡，不像奧提斯．安柏那樣。

葛蕾絲．溫瑟．韋克斯勒不再為這一票奇怪的繼承人感到意外了。她認為他們全是家中幫傭或前員工。有錢人總是會在遺囑中獎賞僕人，而她的山姆大叔是個慷慨的人。「你們的爸媽不來嗎？」她看到席歐多拉基斯家的長子推著坐輪椅的弟弟進圖書館，於是開口問。

「他們沒受邀。」席歐回答。

「蝦靴了。」克里斯說。

「他說什麼？」

「他說『下雪了』。」席歐和芙蘿拉・波拜克同時解釋。

那個病弱孩童的乾瘦身體，突然開始因抽搐而扭曲，其他繼承人都無助的看著，只有裁縫師芙蘿拉跑到他身旁。「我知道，我知道，」她擠出笑容。「你想告訴我們，外面下雪了。」

席歐推開她。「我弟不是嬰兒也不是智障，請別再用那種方式跟他說話了。」

芙蘿拉眨掉眼中的淚水坐回座位，痛苦的臉上仍掛著淘氣的微笑。

有些人病態的盯著那個痛苦的孩子，不過大多數的人都別過頭去，不想看那個場面。

「是腦部錐狀束的問題。」丹頓・迪爾做出診斷，想讓安潔拉刮目相看。

安潔拉露出跟男孩同樣的痛苦表情，一把抓起織錦肩背包，快步離開房間。

⋮

「嗨，妳好啊，福特法官。」葛蕾絲・溫瑟・韋克斯勒站起來，身子往桌子上方探出去，和那位黑人女性握了握手，為自己的自由主義傾向感到驕傲。她一定是為了行使什麼法律任務才過來的，又或許她媽媽曾經是威斯汀家的幫傭。有件事葛蕾絲很確定：荷西—喬・福特比胡先生更不可能是山姆・溫・威斯汀的親戚。

「可以開始了嗎？」胡先生希望在電視轉播足球比賽前回家。「我得回餐廳工作，」他大聲的說：「我們禮拜天特別忙，但我們還是接受訂位。胡家餐館在日落塔五樓，最有特色的料理是……」

道格拉拉他爸的衣袖。「爸，不要在這裡，別當著死人的面前推銷啦。」

「什麼死人？」胡先生原本沒注意到敞開的棺材，現在他看到了。「喔——！」

律師說有幾個繼承人還沒到。「我太太桑林・胡（Sun Lin Hoo）不會來。」胡先生說。

葛蕾絲說：「韋克斯勒醫生接到一通電話，去幫人動緊急手術了。」

「緊急去看綠灣包裝工隊的球賽了。」小龜偷偷告訴芙蘿拉，芙蘿拉縮起肩膀，以胖嘟嘟的手遮起笑嘴。

「那我們還要再等一個人，不對，兩個人。」律師翻著文件，法官的嚴格監督令他雙手發抖。

福特法官認得愛德加・簡寧斯・普拉姆（Edgar Jennings Plum），他幾個月前曾在她的法庭上辯護，錯誤百出，已經到了不適任的程度。她納悶：為什麼一個年輕、缺乏經驗的律師，會被選來代理如此重要的遺產呢？說到這個，她又為什麼要來這裡？出於好奇？也許吧，但其他人呢？其他日落塔的房客又為什麼來這裡？先別預設立場，荷西─喬，等山姆．威斯汀先下第一步棋。

大家聽到玄關響起輕輕的腳步聲了，原來是安潔拉。她面紅耳赤的緊抱著織錦肩背包回到座位。

繼承人們等待著，有些跟旁邊的人閒聊，有些仰望金色的天花板，有些盯著東方風地毯的花紋。福特法官盯著桌子，盯著席歐．席歐多拉基斯的手。他的手上長繭，深銅色的肌膚上有正在癒合的割傷，還有一道燒傷的傷痕。她將雙手放到大腿上。那個希臘男孩的肌膚比她這個「黑人」還要黑。

⋮

咚，咚，咚，有人來了。是那兩個人嗎？

可洛進來了，她低著頭，不發一語的坐到奧提斯．安柏隔壁。她在桌子底下脫掉一隻過緊的鞋子，臉蒙上一層陰影。

咚，咚，咚，最令大家意外的繼承人到場了。

「大家好，不好意思我遲到了，我還不怎麼習慣這個……」賽德爾．普拉斯基開心的揮舞著她的彩繪拐杖，蹣跚了一下又快速放下，再度發出「咚」的一聲。「這個拐杖呀。拐杖真是個可怕的詞彙，但我得快點習慣它才行。」她噘起亮紅色的嘴唇（口紅溢出她窄窄的唇線，形成較豐滿的唇形），避免自己露出勝利的微笑。大家都盯著她，她就知道他們會注意到的。

「發生什麼事了，普拉斯基。」奧提斯．安柏問：「妳又拉了小龜的辮子？」

「八成是拜訪了姓韋克斯勒的剁腳醫生吧。」山迪提出其他可能。

有人大大「嘖」了一聲，幫普拉斯基打抱不平，她聽了非常開心。那些冒犯的言語甚至沒讓她眨半下假睫毛（這就是一般人所謂的「沉著」）。「沒什麼，」她英勇的回答：「只是得了某種消耗病，不過不用可憐我，我會盡可能好好把握我剩下的寶貴時間，活得精采。」咚，咚，咚，普拉斯基沿著牆壁移動，一路走到桌子的另一頭。她特別留意避開東方風地毯，因為紫紋拐杖的叩地聲可能會被遮住。她身上紫色洋裝的白波浪線條，使她的臀部看起來更加巨大了。

紫波，小龜心想。

丹頓．迪爾靠著椅背，視線緊跟著這個不尋常到極點的女人，結果差點摔下椅子。普拉斯基原本跛的是左腳，然後又換成右腳。

「她是怎樣？」韋克斯勒太太輕聲問。

這實習醫生一點頭緒也沒有，但他總是得說些什麼。「位移偶發性肌炎。」他快速說出一串字，然後瞥了一眼安潔拉。她還是低頭在刺繡。

律師拿著文件站了起來，清了好幾次喉嚨。葛蕾絲．溫瑟．韋克斯勒微抬下巴，表現出女繼承人的威嚴，全神貫注的盯著律師。

「請等我一分鐘。」賽德爾．普拉斯基靠著桌子放置白紫線條的拐杖，然後從手提包中拿出一個速記用的筆記本和鉛筆。「謝謝你等我，可以開始了。」

6 ◆ 威斯汀的遺囑

「我的名字是，」年輕律師開口：「愛德加．簡寧斯．普拉姆。我從沒見過山姆．溫．威斯汀先生本人，沒那個榮幸，但基於某個未經解釋的理由，死者遺體旁發現的遺書，將我指定為遺產代理人。

在此向各位保證，我已在短時間內盡可能全面的檢查了這些文件，證實上頭的簽名都來自山姆．溫．威斯汀和他的兩個見證人：威斯汀紙業總裁朱利安．R．伊斯曼，以及威斯汀郡驗屍官席尼．塞克斯博士。各位即將聽到的遺囑內容也許有些古怪，但我以清白的名聲發誓，它是合法的。」

繼承人們在緊張的氣氛中屏息盯著普拉姆，眼睛都要凸出來了。普拉姆先用拳頭遮擋著清喉嚨，然後把紙張翻得沙沙作響，最後總算開始大聲朗讀威斯汀的遺囑。

我，山姆．溫．威斯汀，光榮偉大的美利堅合眾國國民，居住在威斯康辛州威斯汀郡，心智健全，記憶完好，在此宣布我的遺願與遺言。

一、我回家是為了在朋友與仇敵間，尋找我的繼承人，我明白這麼做將遭逢死劫，但我還是如此進行。

今日，我將我最親近、親愛的十六個姪子、姪女召集至此

「什麼？」

（請坐下，葛蕾絲．溫瑟．韋克斯勒！）

律師結結巴巴的向站著的女人致歉。「我只是在念上面的字，我的意思是，『坐下』那段也是威斯汀先生的措辭。」

「我這麼說可能會讓妳好過點，韋克斯勒太太。」福特法官威嚴又帶著嘲諷的說：「聽到他說我們可能是親戚，我也嚇壞了。」

「噢，我不是那個意思……」

「嘿，安潔拉。」小龜從桌子另一頭呼喚。「妳跟那個未來的醫生結婚是違法的，你們是表親。」

丹頓・迪爾拍拍安潔拉的手，展現他最體貼的一面，結果手指被針扎到了。

「大家七嘴八舌的，我聽不出誰說了什麼。」賽德爾・普拉斯基抱怨：「律師先生，你可以再念一次嗎？」

今天我將我最親近、親愛的十六個姪子、姪女召集至此（請坐下，葛蕾絲・溫瑟・韋克斯勒！）讓大家見山姆大叔的遺體最後一眼。明天，我的骨灰就會乘風飄散四方。

二、我，山姆・溫・威斯汀在此對天發誓，我絕非自然死亡。我的生命是被奪走的——被你們其中一個人奪走的！

「噢，喔——」克里斯的手在空中擺動，表示譴責的手指指著這一頭，不對，還有那一頭，它指向每一個方向。他誇張的動作表現出所有繼承人共同的困惑（只有凶手本人不困惑），每個人左右張望身邊的人，表情震驚，想確認自己沒有聽錯。賽德爾．普拉斯基重讀了一次筆記，發出「咿！」的小小尖叫聲。

「謀殺？威斯汀是被謀殺的？」山迪問他左方的繼承人。

可洛沉默的別過頭去。

「意思是……這是謀殺案？」山迪問右邊的人。

「謀殺？當然是謀殺。山姆．威斯汀是被謀殺的。」胡先生回答：「不然就是他太常去那家三流小咖啡館吃飯了。」

席歐聽到胡先生汙衊自己家的店，氣得牙癢癢。「對，是謀殺。遺囑還說我們其中的某個人是凶手。」他瞪著餐廳老闆。

「警方知情嗎？」福特法官問律師。

普拉姆聳聳肩。「我猜他們會驗屍吧。」

法官氣餒的搖搖頭。驗屍？威斯汀的屍體看來已經進行防腐處理，明天就要火化了。

警方幫不上忙。犯罪者太狡猾了，即使做出下賤行徑也不會被逮捕的。

「喔，天啊！」芙蘿拉．波拜克一聽到「下賤」就摀住了嘴。先是謀殺，接著又冒出了髒話。

我，只有我，知道凶手的名字。現在輪到你們行動了，驅逐罪人，令此人現身認罪。

「阿門。」可洛說。

三、你們之中，有誰夠格成為威斯汀的繼承人？幫幫我。在正確的人現身前，我的靈魂將不得安息。

我的財產面臨了關鍵時刻。贏得這筆橫財的人將是找到……

「鈔票隨風飄！」山迪大喊。有人透過吃吃竊笑舒緩難以承受的緊張感，有人對山迪投以斥責的視線，葛蕾絲・韋克斯勒「嘖」了一聲，賽德爾・普拉斯基噓他。「只是開個玩笑啦。」山迪試圖解釋：「就那個啊，橫財是被風吹得橫飄的錢——哈，當我沒說。」

四、我向你致敬，喔，充滿機會的國度！讓我這個貧窮的移民之子變得富有、強大、受人尊敬。

所以說我的繼承人啊，你們要充分估量美國，頌讚這塊慷慨的土地。只要敢參加威斯汀遊戲，你也可能一夜致富。

「遊戲？什麼遊戲？」小龜很想知道。

「不重要。」福特法官起身準備離開。「這要不是什麼殘酷的把戲，就是那個男人在瘋言瘋語。」

五、請坐下，法官。這位優秀的年輕律師現在會給妳一封信，請念出來。

太詭異了。好幾個人轉頭面向棺材，不過威斯汀還是閉著眼睛，永遠不會睜開了。

這位優秀的年輕律師翻完一疊紙又拍了拍自己的口袋，最後總算在公事包中找到了那封信。

「妳不打開嗎？」席歐這麼問，因為法官回到座位後，直接將封住的信封放進了手提包內。

「沒必要。山姆．威斯汀的錢夠多，買個十幾張精神鑑定書證明自己神智清明也不是問題。」

「窮人才會發瘋，有錢人只是比較古怪。」胡先生酸溜溜的說。

「先生，你是在暗示醫療體系腐敗嗎？」丹頓．迪爾嗆他。

「噓！」

六．前往遊戲室前，請為你們好心的老山姆大叔默哀一分鐘。

芙蘿拉．波拜克是唯一一個哭出來的繼承人，可洛是唯一一個禱告的人。而賽德爾．普拉斯基還來不及想出表達敬畏的悼詞，時間就到了。

7 ◆ 威斯汀遊戲

遊戲室中央排放著八張牌桌，每張桌子旁各有兩張椅子。運動器材沿牆排放，獵槍、桌球拍、撞球桿（小龜發現有一整排）、弓和箭、飛鏢、球棒、網球拍——神經緊張的繼承人正等著遺囑指定他們入座，而這些東西在他們看來全都像是可以用來謀殺的武器。

席歐晃到西洋棋桌那裡，欣賞精心雕琢的棋子。有人移動了白色士兵。好，他要接著玩下去。席歐用黑色騎士防守對方的開局。

賽德爾．普拉斯基一聽到普拉姆律師清喉嚨示意大家注意，就將上色的拐杖甩到左邊腋下，翻開筆記本的新頁。「噓！」

七、我親愛的朋友、親戚，仇敵，現在，威斯汀遊戲開始了。

規則很簡單：

- 玩家人數：十六人，分為八組。
- 各組人馬將會獲得一萬美金。
- 各組人馬將會拿到一組線索。
- 權利喪失：一旦有玩家退出，他的搭檔也必須跟著退出。該組人馬須償還金錢。而缺席者將喪失一萬美金，他們手上的線索也會遭到扣留，直到下一個場次。
- 下一個場次舉行的前兩天，玩家會接獲通知。每組人馬選擇參賽與否。
- 遊戲目標：獲勝。

「可洛，妳有沒有聽到啊？」奧提斯．安柏興奮的說：「一萬美金！現在妳是不是覺得好險我找妳來啊？開心了吧，嗯？」

「噓！」對他出聲的是小龜。遊戲目標是獲勝，而她想贏。

八、我現在會幫繼承人分組，被叫到名字的人請前往指定編號的桌子。以下姓名和職位都跟簽收單一致。

玩家得靠自己的力量發現其他人的真實面貌。

第一組：桑林．胡太太，廚師

傑克．韋克斯勒，沒躺下時就站著或坐著

葛蕾絲．韋克斯勒沒聽懂丈夫關於「位置」[5]的玩笑，胡先生聽懂了，但他沒有心情聽笑話。籌碼可是一萬美金。兩人都為缺席的配偶求情——「他有緊急手術」、「我太太還不太會說英文」，但都沒有用。第一桌依舊沒人入座，沒人拿到錢。

第二組：小龜．韋克斯勒，女巫

芙蘿拉．波拜克，裁縫師

聽到遺囑宣布小龜的伙伴時，眾人的回應是鬆了一大口氣。不過芙蘿拉．波

5 英文的「職位」和「位置」都是position。

拜克似乎很樂意和這個踹人女巫同一組，至少她臉部肌肉擠出的淘氣微笑並沒有消失。小龜原本暗中期待和高中生一組，尤其是道格拉斯．胡。

第三組：克里斯多斯．席歐多拉基斯，賞鳥家
丹頓．迪爾，聖喬瑟夫醫院外科實習醫師

席歐抗議，他應該要和弟弟分在同一組才對，照顧克里斯是他的責任。韋克斯勒太太也提出抗議，迪爾醫師應該要跟未婚妻安潔拉同組才對。丹頓．迪爾也反對，但沒說出口。如果這麼安排是要他提供免費醫療諮詢，他們（不管他們到底是何方神聖）就大錯特錯了。他是個大忙人，是醫生，不是護士。

不過克里斯很開心，樂意成為外界的一分子。他會把自己親眼目擊有個瘸子走進威斯汀宅的事情告訴實習醫師，因為那個瘸子也許就是謀殺犯——但如果他的伙伴其實才是真凶，他就不能說了！這實在好刺激，比電視棒多了。

第四組：亞歷山大．麥索瑟，門房
荷西——喬．福特，州最高法院上訴部門法官

神氣的門房在眾目睽睽下幫法官拉了張椅子。大家從沒想到山迪的本名會是亞歷山大，但這不可能是山姆．威斯汀說的「玩家得靠自己的力量發現其他人的真實面貌」吧？還是他就是這個意思？

法官沒有回應門房露出殘缺牙齒的微笑。他自稱門房，其他人也填了同樣簡單的頭銜：廚師、裁縫師。那個足科醫師甚至拿「職位」開了個玩笑。其他人一定覺得她跟那個實習醫師一樣愛炫耀，幫自己的頭銜灌水。嗯，她花了一番工夫才站到現在這位置，為什麼不能引以為榮呢？她不是花瓶，她的紀錄完美無瑕……睜大眼睛看好了，荷西—喬，威斯汀已經伸出魔爪了，而遊戲才剛開始而已。

第五組：葛蕾絲．溫瑟．韋克斯勒，女繼承人
詹姆斯．信．胡，餐廳老闆

葛蕾絲．溫瑟．韋克斯勒無視其他人的竊笑。就算她現在不是繼承人，不久後那頭銜也會落入她手中的，因為她掌握了自己、安潔拉、小龜、丹頓、胡老闆那個乖兒子的線索。差了五千元！喔，嗯，誰需要傑克啊？她會靠自己獲勝。

「等你知道威斯汀先生真的是我的山姆大叔，你一定會很開心的。」她對搭檔輕聲說。

那又怎樣？胡先生心想。少拿了五千美金！他當初應該把這次集會的事告訴老婆，然後把她拖來的。山姆．威斯汀這個卑鄙小人又耍了他一次。不管宰掉他的人是誰，都該領一面勳章。

第六組：柏斯．愛麗卡．可洛，善救世慈善廚房
　　　　奧提斯．安柏，送貨員

送貨員歡天喜地的跳起吉格舞，不過可洛走向第六桌時的表情很猙獰，她發痛的腳又擠回過緊的鞋子裡了。為什麼他們要看她？認為她殺了溫迪嗎？凶手會不會知道她的罪行？悔改吧！可洛走路一跛一跛的——克里斯．席歐多拉基斯注意到了。

第七組：席歐．席歐多拉基斯，兄長
　　　　道格拉斯．胡，全美高中中長跑田徑賽第一名

兩人擊掌，道格慢跑到第七桌去，席歐移動的速度比他慢多了。經過西洋棋盤時，他發現白色那方走了第二步，於是用黑色士兵反制。也許他不該寫「兄長」的，不過那就是他在人生中的位置，不管他喜不喜歡。克里斯正在對他微笑，甜美得很純粹的微笑，那讓席歐的罪惡感加深了。他不該懷著憎恨。

「也就是說，我們應該是一組的了，普拉斯基小姐。」安潔拉說。

「不好意思，妳剛剛說什麼？」

第八組：賽德爾．普拉斯基，總裁祕書
安潔拉．韋克斯勒，無

安潔拉猶豫的走在祕書身後，不知道該忽略她的殘疾，還是該扶她一把。至少她跛腳的伙伴不可能是謀殺犯，不過感覺好尷尬啊，同伴竟然是這樣一個……不，她不該那樣想。沮喪的人是她媽（她不用看就能感受到葛蕾絲的氣憤），她完美的女兒竟然跟一個怪胎搭檔。

真是太好運了，跛行的賽德爾．普拉斯基心想。有如此年輕的小美人在身旁，她總算會被注意到了。他們甚至可能會邀請她去參加婚禮，那她就要把枴杖塗白，畫上粉紅色的小花束。

丹頓．迪爾滿心困惑，安潔拉說「修女」[6]到底是什麼意思？

⋮

愛德加．簡寧斯．普拉姆律師再度清了清喉嚨。

「鼻涕倒流。」丹頓．迪爾輕聲向搭檔報告他最新的診斷。克里斯咯咯笑。這殘障的小孩到底在開心什麼？實習醫師納悶著。

九、錢！每組會收到總價一萬美金的支票，須簽上兩個搭檔的名字才能兌現。

聰明的花，或者孤注一擲。願上帝為你們煉金。

一個刺耳的尖叫聲，令這些威斯汀遺產的繼承人想起謀殺案。不過這是因為律師發支票時，踩到可洛發痛的腳了。

「法官，這有法律效力嗎？」山迪問。

「這不只有法律效力，麥索瑟先生。」福特法官在支票上簽名，然後遞給門房山迪。「它還是個狡猾的伎倆，可以使大家繼續玩遊戲。」

十、每組參賽者現在都會收到一個信封，裡頭裝著一組線索。每一組線索的內容都沒有重複。你擁有的不算數，你沒有的才是重點。

年輕律師將最後一個信封放到第八桌，然後對安潔拉微笑。賽德爾．普拉斯基回以微笑。

「這根本沒道理。」丹頓．迪爾抱怨，他面前的桌上放著剪成方形的威斯汀超強力紙巾，四個單字線索就在裡面。

克里斯的手臂和手肘不協調的揮動，手指張得開開的，試圖將那些字排成合文法的順序，合不合邏輯先不考慮。

「嘿，小心點！」一條線索掉到地板上了，實習醫師看了大叫。

芙蘿拉．波拜克從隔壁桌的座位上跳起來，拾起方形的紙放到發抖的年輕人面前。「我沒看到，」她大聲宣布：「我真的沒看到。」她的伙伴——女巫小龜．

6 英文中的「無」（none）與「修女」（nun）同音。

韋克斯勒用質疑的眼神看她，但她還是沒改變答案。

她看到的字是「平原（plain）」。

玩家開始用更小心的態度保護線索了。他們縮在桌子前方，將紙片移來移去念念有詞，抱怨東抱怨西。謀殺犯的名字一定在上面，在某個地方。

只有一組人馬還沒看自己領到的線索。第八桌的賽德爾・普拉斯基一手按著信封，在脣邊豎起一根手指頭，然後朝其他繼承人撇了一下頭。她的意思是，先觀察別人的動靜。

她也許很怪，但很聰明，安潔拉心想。既然每一組人馬都有內容不同的線索，那她們就要眼觀四面、耳聽八方，掌握關於線索的提示。

⋯

「呵呵呵。」送貨員拍了搭檔的背一下。「老姐，我們現在是一國的啦，可洛皇后和安柏國王。」

「這是什麼？『上（on）』還是『沒（no）』？」道格・胡將一條線索上下顛倒，然後又逆時針旋轉九十度。

席歐用手肘頂了頂他的肋骨，轉頭看有沒有人聽到。安潔拉即時低下頭去。

荷西—喬．福特將線索揉成一團，憤怒的起身。「抱歉了，麥索瑟先生，在這蠢遊戲中扮演棋子就算了，但被人用黑臉秀的方言汙衊……」

「法官，拜託妳，不要棄權。」山迪哀求：「不然我就得把所有錢還回去了，那會讓我太太心碎，還有我可憐的孩子……」

福特法官毫無憐憫的看著門房，有太多人曾在她的席前哀求了。

「拜託妳，法官，我已經失去工作和津貼，我沒辦法再拚了。別因為一些荒謬的字就放棄。」

她小時候誦唱過一句話：棍棒和石頭也許能打斷我的骨頭，但言語傷害不了我。言語傷得了人，但她已經不是個小孩了，也不是只懂得吊死罪犯的法官。機會永遠都在……「好吧，麥索瑟先生，我留下。」荷西—喬．福特坐了下來，眼中閃著邪惡的神色。「山姆．威斯汀要我們怎麼玩，我們就怎麼玩——玩陰的！」

芙蘿拉．波拜克瞇起雙眼，一臉糾結的樣子。她正在集中精神。

「妳還沒背起來嗎？」小龜不喜歡奧提斯．安柏瘦巴巴的脖子，它伸得長長的在衣領上轉來轉去。安潔拉又在盯著什麼看？

「是，我背起來了。」裁縫師回答：「但我看不出頭尾在哪裡。」

「我完全看得懂啊。」小龜將線索一一放進口中咀嚼，然後吞下。

⋯⋯

「全是屁話。」胡先生口齒不清的說。

葛蕾絲・溫瑟・韋克斯勒同意他的看法。「不好意思，普拉姆先生，這些是關於什麼的線索？我們應該要用來找什麼？」

「紫波。」山迪開玩笑的對小龜使了個眼色。

韋克斯勒太太靈光一閃，發出「啊」的一聲，然後改變其中兩個線索的順序。

「還是狗屁不通。」胡先生抱怨。

其他玩家也向律師要求更多情報，但普拉姆只以聳肩回答。

「那你可以給我們遺囑的複印本嗎？」

「一份歸檔用⋯⋯」福特法官開口。

「庭上，恐怕不行。」律師說：「這一份遺囑⋯⋯」他暫停了一下，重講一遍：「這一份遺囑要等到明年初才會歸檔，上面給我的指示很清楚，任何繼承人都不能在遊戲結束前過目任何文件。」

沒有影本？真不公平。不過等等，他們其實有，有人寫了筆記！賽德爾．普拉斯基現在受到的矚目可多了，她以微笑回應那些友善的臉孔，露出門牙上的口紅痕跡。

「有沒有什麼最終說明？」山迪問普拉姆：「是這樣的，那個實習醫師說得沒錯，所有線索都狗屁不通啊。」

十一、你說沒道理？死亡沒道理可言，卻也會讓路給生者。生命也沒有意義可言，除非你明白自己是誰、想要什麼、掌握人生的方向。

遊戲也是一樣，只要你明白自己找的是誰，解答就很簡單。但繼承人啊，小心！要小心！

有些人的真實身分跟他們宣稱的不符，有些人的真面目也跟他們看起來的樣子有落差。不管你們到底是誰，你們都該回家了。

神保佑你們所有人，而且別忘了一件事：

要買威斯汀紙業的產品！

8◆一組組繼承人

夜裡，芙蘿拉・波拜克口中的「雪」愈來愈大，變成了肆虐的暴風雪。日落塔的居民從追逐線索、鮮血淋漓的夢中醒來，裹在凌亂的被單中，被兩公尺深的積雪困住。

沒有電話，沒有電力。

跟一個謀殺犯一起困在雪中！

每個人都在無窗的樓梯上尋找著自己的搭檔，緩慢的隊伍看起來像是在舉行什麼古老、神祕的儀式。還有沉默的人馬拿著彎曲、帶有彩色條紋的蠟燭（小龜在夏令營的手工作品），伴隨搖曳的燭光穿過走廊。

「實用又浪漫的手工蠟燭。」她早上七點挨家挨戶兜售，嚇壞了房客。（喔，原來是小龜。）「而且彩色條紋可以告訴你時間，停電時很方便。一段條紋的燃燒時間是半小時左右，十二段就是六小時。」

「多少錢？」

「我不想利用緊急狀況占大家便宜，降價到一根五元。」

太可恨了。而且她賣掉最後一根的兩小時後電力就恢復了，大家更是火大。

「抱歉，不能退貨。」小龜說。

不重要，跟價值兩億的遺產相比，五塊錢算什麼？線索，他們得研究那些線索才行，而且要關上門。音量要放低，隔牆有耳。

並不是所有繼承人的搭檔都在想辦法解謎。傑克．韋克斯勒和他的妻子大聲爭執、吵了許久後退回自己的辦公室。那五千美金他當然用得上，但他不會承認的，不會向她認輸。錢被收回去的事比叔叔遭到謀殺還令葛蕾絲沮喪，前提是威斯汀真的是她叔叔。

往上五樓，傑克的搭檔站在餐廳前窗盯著洶湧的湖面，還有更遙遠的地方。沒人把威斯汀遊戲的事說明給胡太太聽，太麻煩了。

其他玩家被雪困在其他地方：丹頓．迪爾在醫院，山迪在家。奧提斯．安柏或可洛在哪呢？完全沒人在意。

不過賽德爾．普拉斯基以拐杖點著護壁板，一跛一跛的走在鋪地毯的走廊上，美麗的搭檔攙扶著她。邀請她早上喝咖啡或喝午茶的房客可不只一個，總共有七個——不論他們到底是不是謀殺犯，他們都想瞄一眼普拉斯基的筆記。

「三塊糖，麻煩了。安潔拉喝黑咖啡。」妳健康狀況如何？「感謝老天，我還能跛腳走路。」妳的工作是？「我是舒茲臘腸公司總裁私人祕書。可憐的舒茲先生，沒有我在，不知道他要怎麼工作。」妳的筆記呢？「感謝你的提醒，我得趕快回去冥想了。來吧，安潔拉。」

⋮

有個繼承人沒邀她們，不過賽德爾．普拉斯基還是闖入了2D。「嗨，克里斯，我們只是想來看看你好不好。別怕，我不是謀殺犯，安潔拉不是謀殺犯，我們也不認為你是謀殺犯。我可以坐下來嗎？」祕書沒等行動不便的小男孩回答，便一屁股坐到旁邊的椅子上了。「來，我幫你偷了個餅乾，超黏牙的，味道會留在你嘴裡一整天。我的上臼齒肯定卡著六條椰子肉餡。」克里斯接下餅乾。「天啊，看看那微笑，真令人心碎。」

安潔拉心想，要是她的搭擋沒說那句話該有多好，那讓人顯得無情又殘酷。不過賽德爾至少能跟那男孩說話，她就辦不到。受眷顧的安潔拉，像個假人般立在一旁。「嗯，我知道丹頓也想和你一起研究線索，但他也被雪困住了。」

「你非常……飄亮。」那個「漂亮」是從哪冒出來的？他原本是想說「好心」。頂著鬈髮的克里斯低下頭去，看著大腿上的地理書籍。她沒笑他，問她問題也沒關係，因為她就要嫁給他的搭擋了。「顧、類是什麼？」

安潔拉聽不懂。

克里斯翻到有片麥田圖片的那一頁。

「顧、顧物。」

「喔，穀物啊。你想知道一些穀物的名字啊。我想想，有小麥、黑麥、玉米、大麥、燕麥。」

「燕——買！」安潔拉以為男孩的病要發作了，但他只是在複述她的話——燕麥。

賽德爾對窗戶呼出溫暖的氣息，用衣袖將結冰的區域擦乾淨。「來，現在你可以繼續賞鳥了。小朋友，還有什麼我們可以幫忙的嗎？」

克里斯點點頭。「念妳、妳的、鼻記。」

美麗的小姐和風趣的小姐快步走出門外。其中一個跛腳，但那是裝的（他看得出來），跟威斯汀家草坪上的那個瘸子不一樣。

燕麥。克里斯閉上眼睛，在腦海中勾勒線索：

為　平原　穀物　賜

For　Plain　Grain　Shed

穀物（plain）=燕麥（oats）=奧提斯（Otis）．安柏。為（For）+賜（Shed）的最後一個字母d=福特（Ford）。不過送貨員和法官都不是瘸子，而且剩下的she和plain代表什麼，他還是想不出來。他得等丹頓．迪爾回來才行，那個人很聰明，是醫生。

克里斯再度拿起望遠鏡對準懸崖。風吹雪封閉了屋子。二樓有東西動了——一隻手抓起窗簾下緣，然後沉重的窗簾又緩慢的落回窗邊。威斯汀家也受到大雪包圍，某個人困在裡頭。

⋮

只有一個玩家認為線索指引的是一萬美金的使用方式。估量美國，遺囑是這麼說的。孤注一擲，遺囑還這麼說。

「投入股票市場。」小龜說：「賺最多錢的人贏得所有遺產，整整兩億美金。」他們那組的線索是：

海　山　是　O

SEA　MOUNTAIN　AM　O

代表三家上市公司的代號：SEA、MT（山的縮寫）、AMO。

「但是AM和O是分開的。」芙蘿拉．波拜克說。

「這是為了混淆我們。」

「那謀殺犯呢？我以為我們應該要查出謀殺犯的名字。」

「那是為了讓我偏離正軌。」如果警方往謀殺案的方向偵辦，她現在早就已經入獄了。威斯汀家的每樣東西上都布滿她的指紋，包括屍體。「波拜克太太，妳不會真的以為我們當中有誰那麼冷血吧？誰有能耐殺死活生生的、還在呼吸的人？不會吧？」小龜持肯定態度，不過那個裁縫師只是個柔弱的小姐。

「別那樣看我，小龜．韋克斯勒！妳很清楚我不可能那樣想，我一定是誤會了。喔，天啊，真希望普拉斯基小姐讓我們看看她筆記的遺囑內容。」

小龜回頭繼續計算，將購買的股票張數乘以股價，加上手續費，試圖讓他們投入的金錢剛好等於一萬美金。

芙蘿拉．波拜克對謀殺案的看法可能是錯的，但小龜的計畫也沒說服她。

「那購買威斯汀紙業的產品呢？我很確定遺囑裡列了這句話。」

「太棒了！」小龜驚呼。「我們會買的，我們要把『威紙』加到股票待買清單裡。」

芙蘿拉・波拜克看的電視廣告夠多，知道「購買威斯汀紙業的產品」代表什麼意思。下次她去市場，就要把架上所有的威斯汀產品買下來。不過有小孩在身邊的感覺還是很棒，她會繼續陪小龜混下去的，她很樂意。「我說小龜啊，把錢投進股票市場可能是對的。我記得遺囑中還提到上帝為你們煉金，那肯定是《聖經》的句子。」

「是莎士比亞。」小龜回答。世界上所有的名言佳句不是出自《聖經》，就是出自莎士比亞。

⁝

胡先生將裝滿菸蒂的菸灰缸移到一旁，表現出極度不悅的樣子，然後重排了線索的順序。「紫色結果比較通順。」

葛蕾絲・韋克斯勒望向餐廳另一頭的窗邊，那裡有一道孤伶伶的人影。「你確定你太太真的不懂英文？我的意思是，她都已經在這裡住這麼久了？」

「她是我第二任太太，兩年前才剛從香港過來。」

「她看起來很年輕，不過要我們判斷東方人的年齡很困難就是了。」葛蕾絲說。他為什麼要那樣瞪她？「我說你太太相當可愛呢，像個娃娃，有不可思議的氣質。」

胡先生一口咬下半條巧克力棒。無人聞問的餐廳、懶惰的兒子、煩人的潰瘍已經夠讓他頭痛了，現在還得忍受這個偏執的女人。

葛蕾絲又點了一根菸，然後重新排列線索：紫波。「你也聽到了，那個門房說了什麼『紫波』。」這詞一定有什麼特別的含意。那個蒼白得像死人的祕書，昨晚也穿了一件上頭有紫色波浪的洋裝，更不用說她的拐杖了。

「妳談論比妳窮的人時不該那麼刻薄。」胡先生說。

「你說得對。」葛蕾絲回答：「我認為那個可憐的男孩勇於面對自身的疾病——位移偶發性肌炎，我未來的女婿是那麼說的。他可是個醫生喔。總之，普拉斯基不可能是謀殺犯，像那樣跛腳走來走去是不可能犯案的。再說，我的山姆大叔怎麼可能知道她會穿紫色波浪圖案的衣服參加葬禮？」

胡先生揮手驅散眼前的煙霧。「殺人要有動機，會不會是……姪女殺害有錢的叔叔，貪圖他的財產？」

為了表現自己可是很有風度的。葛蕾絲仰頭哈哈笑，像是被逗得很開心。

「我不在乎就是了。」胡先生說：「那個有錢的大騙子活該。怎麼了？」

「你看！」葛蕾絲指著線索。

結果　紫波　給　海

Fruited Purplewaves for Sea

「**For sea**！謀殺犯住在**4C**公寓[7]！」

「住在4C的人是我。」胡先生大吼：「如果山姆．威斯汀想表達4C，他就會寫數字4，字母C。S、e、a的意思是海，裡頭有烏龜游泳的海。」

「好啦，胡先生，我們都在耍笨了。你跟你兒子聊過了嗎？他們的線索是什麼？」

「我了不起的兒子。妳要是找得到他，大可去問他。」胡先生將剩下的巧克力棒塞到嘴裡。「現在我有些事情要辦。大家都從樓下叫餐，不請樓上往下送。那間咖啡店快讓我進救濟中心了，妳家安潔拉和那個姓普拉斯基的，還不肯讓我們看筆記、不給我們線索，不付三杯茉莉花茶和六塊杏仁餅乾的錢，妳香菸也抽太多了。」

「而你吃太多了。」葛蕾絲將她的零錢包丟在桌上，一陣風似的走出餐廳。

零錢，他就只能從她身上拿到零錢。那個瘋子，他得在她面前跪下，她才會在一萬美金支票上簽下「葛蕾絲．溫瑟．韋克斯勒」。他們成了這樣的組合：匈奴王阿提拉與廢物葛蕾絲．韋克斯勒。葛蕾西．溫克洛普（Gracie Windkloppel），冒牌繼承人，做作的繼承人。

⋯

首先，處理錢。他們在支票上簽了名字，一半的錢會進道格拉斯．胡的帳戶，另一半會給席歐的爸媽。接著是線索：

他的　N　上　給　汝　為

His　N　ON　TO　THEE　FOR

7 For sea與4 C發音相近。

「也許它們是數字：一、二、三、四。」席歐猜測。

「我還是認為這裡的『**上**（**on**）』是『**沒**（**no**）』。」無聊得發慌的田徑明星說。他的雙手枕在頭後方，倚在咖啡店的包廂裡，長腿伸到另一頭的座位去。

「『沒』也是我們的狀態：沒有真正的線索，沒能領先，沒有遺囑。」

賽德爾．普拉斯基喝了三杯咖啡、吃了兩塊派和一個奶油米布丁後，什麼回報都沒給他。

席歐不願放棄。「你那天晚上，真的沒有在威斯汀家看到任何不尋常的畫面嗎？」

「我可沒殺死威斯汀，你是那個意思嗎？我看到唯一不尋常的畫面，就是小龜．韋克斯勒，我認為那個討厭鬼瘋狂愛上我了。我很幸運吧？」

「認真一點，道格。其中一個繼承人是謀殺犯，我們可能會被他宰掉。」

「某人幹掉那老頭，不代表他會再開殺戒。我爸說……」道格打住了。他爸說該頒發勳章給凶手，而這番言論可能會加重他的嫌疑。

席歐又換了一個切入方向。「我昨晚在遊戲室和某個人下了西洋棋。」

「和誰？」

「這就是奇怪的地方，我不知道是誰。我們得查出哪個繼承人懂西洋棋。」

「懂下棋什麼時候變成謀殺的證據了？」

「嗯，這之後再說。」席歐回答：「還有一件事，遺囑說每一組線索都沒有重複，也許它們全部合起來才會成為一個訊息，指出真凶的訊息。我們得想辦法聚集所有繼承人，集合所有線索。」

「喔，當然了，凶手不會交出線索，因為那會害他被定罪。」道格站了起來，不管有沒有下雪，他都得為田徑賽維持身材才行。在這天結束前，他不斷在走廊上慢跑、上下樓梯，把緊張兮兮的房客嚇得魂飛魄散。

⋮

荷西—喬．福特法官和門房共有的線索是衝著她來的，她對此毫無疑慮，不過山姆．威斯汀大可以用更尖銳的汙衊言語：

天空　是　閃　兄弟

SKIES　AM　SHINING　BROTHER

他能選的字肯定有限，因此這些線索會跟其他詞彙組成更長的訊息，而這訊息會點出一個名字，凶手的名字。不，威斯汀不可能被謀殺。如果他的性命遭受威脅，或面臨了任何危險，他一定會堅持要求警方保護。他擁有警力，整個小鎮都是他的。山姆．威斯汀不會讓自己遇害，他不是那種人。除非他發瘋了。

法官打開無能律師普拉姆遞給她的信封，裡頭有張精神鑑定書，證明山姆神智清明。日期顯示鑑定是上週做的：「經過徹底檢驗後……心智敏捷、記憶力優異……身體狀態極佳……（簽名）席尼．塞克斯博士。」

塞克斯，聽起來真耳熟。法官快速瀏覽她從週六報紙剪下來的新聞：

……山姆．威斯汀與友人席尼．塞克斯碰上嚴重的車禍，一度性命垂危。兩人送醫時傷勢相當嚴重。塞克斯康復後繼續在威斯汀鎮行醫，並重返郡驗屍官崗位，不過威斯汀自此再也沒有出現在眾人面前。

塞克斯是威斯汀的朋友（也是遺囑見證人之一，她想起來了），不過也是一個合格的醫師。她願意相信他做的精神鑑定屬實，至少目前願意。

回到線索吧。看看她，一流法官竟然在為威斯汀超強力紙巾的碎片傷透腦筋。「忘掉線索吧。」她大聲說，然後離開桌前，在房間內踱步。

她咬著杏仁餅，將喝完的咖啡杯放到托盤上。要是那個姓普拉斯基的肯讓她研究遺囑內容就好了，真正的線索埋藏在那裡，埋在隱而未現的威脅和浮誇的承諾之中。亂七八糟的遺囑裡充滿口號和愚蠢的發言。

山姆．威斯汀在遺囑中暗示（沒明說，是暗示）：(1)他是被人謀殺的。(2)凶手是繼承人之一。(3)只有他知道凶手是誰。(4)凶手的名字就是遊戲的解答。

這場遊戲棘手又離間參加者。山姆．威斯汀知道，不管他在參賽者心中種下多少恐懼和疑慮，貪婪都會驅使他們繼續玩下去，直到「謀殺犯」被逮住，接受懲罰。

山姆．威斯汀沒被謀殺，不過他的其中一個繼承人有罪——罪名是冒犯一個殘酷的男人。那個繼承人有危險了。威斯汀會在墳墓裡追蹤他的敵手，然後透過其他繼承人進行復仇。

是哪一個？威斯汀的惡意是針對哪一個繼承人？她一定會貫徹正義，趕在其他人之前找出威斯汀的迫害對象。她得盡可能掌握每一個繼承人的背景。他們是誰？他們的生命如何跟威斯汀產生交集？這十六個陌生人彼此的共通點只有日落塔嗎？日落塔——她得先從這裡著手。

很好，電話又通了。她撥了一個號碼，鈴響一聲便接通了。「您好，我是巴尼・諾思魯普，很高興為您服務。這是我的電話答錄機，等我回到辦公室後，便會立刻為您效勞。聽到嗶聲後，大聲向老巴尼說出您的問題就可以了。」嗶。

荷西—喬・福特掛斷電話，並沒有向老巴尼大聲說出問題。他可能也參與了威斯汀的陰謀。

報社，她要試著聯絡報社，一定有人被雪困在公司。鈴響八聲後接通了，不是答錄機。「我們通常不會在電話內提供那些資訊，不過因為是您，福特法官，所以我很樂意協助。請給我名字的拼法，我要是查到什麼，再回電給您。」

「謝謝你，我很感激。」這只是個開端。山姆・威斯汀死了，不過也許她有機會在他的主場贏他一次。這是他最後一場遊戲。

⁝

安潔拉在小龜桌上找到她要的東西後，返回她裝飾繁複的臥室。賽德爾・普拉斯基窩在化妝桌前那張充滿花邊的凳子上，替眼皮畫上藍色眼影。

「我們要先解決自己的線索。」祕書看了一眼三面鏡，對自己的化妝效果皺眉。她打從出生就很倒楣，現在身邊又多了一個人見人愛的美麗伙伴。她們拿到的線索搞不好能拼成答案了，這種事不是不可能。她拆開信封，遞向安潔拉。

「拿一個。」

安潔拉拿出第一個線索：**好**（**good**）。

接下來輪到祕書了。「老天啊！」她驚呼，以為自己拿到謀殺犯的名字了。結果是她的拇指蓋住了一個字母d，那個字是**蓋**（**hood**）[8]。

輪到安潔拉了，第三個線索是**來自**（**from**）。

換祕書，第四個線索是**空**（**spacious**）。

然後是第五個，也是最後一個線索——安潔拉發出小小的哀號，邊搖頭邊將紙片遞給伙伴。線索上寫著**優雅**（**grace**）。

「**葛蕾絲**（**Grace**），**那不也是妳媽的名字嗎？**」祕書說：「呃，別擔心，那不代表妳媽就是謀殺犯。遺囑說『你擁有的不算數，你沒有的才是重點』。」祕書還沒整理她的筆記，不過她將筆記本藏到安全的地方前讀了好幾次。「話說，你們跟威斯汀先生真的有親戚關係嗎？」

安潔拉聳聳肩。祕書認為那代表「沒有」，於是轉頭回去看線索。

8 如果是Hoo，則為「胡」，暗示為開餐廳的胡先生。

好　優雅　來自　蓋　空

GOOD　GRACE　FROM　HOOD　SPACIOUS

「我用這些線索只拼得出一句話：**來自蓋空的驚喜**（**Good gracious from hood space**）。等停車場的雪鏟完後，我們立刻去調查每部車的引擎蓋下方，也許會有地圖或更多線索藏在那裡。也可能會有凶器。我們現在來聽聽其他人的線索吧。」

安潔拉開始報告，她在遊戲室和今天來來去去時收集到的線索。

「國王，皇后。奧提斯．安柏說『奧提斯國王，可洛皇后』。」

「**紫波**。我媽調換兩條線索後，山迪說了這兩個字。」

「**上**（或**沒**）。道格和席歐看不出那條線索的哪一邊朝上。」

「**穀物**。克里斯．席歐多拉基斯認為那條線索指向奧提斯．安柏，妳知道的，**穀物**——**燕麥**。」

「**MT**。」安潔拉在芙蘿拉．波拜克的茶會上，幫賽德爾撿拐杖時，發現了一張揉成一團的紙片，她拿給伙伴看。

500股MT×6元	＝	3000
手續費	＝	+90

		$3090

「我翻過小龜的日記了，她沒在追蹤任何代號**MT**的股票，所以那可能是她的線索之一。**MT**可能代表**山**（**mountain**）或**空**（**empty**）。」

「太棒了。」賽德爾・普拉斯基發出讚許。她的搭檔很美，但不蠢。「現在我們把所有線索放在一起看看。」

好　優雅　來自　蓋　空

國王　皇后　紫波

上（或沒）　穀物　山（或空）

賽德爾很失望。「你擁有的不算數，你沒有的才是重點。我們缺少的是動詞，要是沒有動詞，這些字都不會有意義。法官呢？」

「福特法官認為她收到的線索是對她的侮辱，還說她不想在威斯汀遊戲中扮演棋子的角色。她的桌上有新聞的簡報，這一條。」安潔拉把從小龜抽屜中取出的報紙遞給賽德爾。

「什麼聲音？」

有人敲了前門。

客廳有腳步聲。

是席歐。「有人想下西洋棋嗎？」他的身子從臥室門口探進來。

「不用了，謝謝。」賽德爾回答，表現出忙碌的樣子。

席歐害羞的對安潔拉微笑，然後離開了。

賽德爾讀完了小龜報紙上的新聞。「兩億美金」四個字下面畫了一條線，不過她發現了更有趣的東西。「山姆．威斯汀是個西洋棋高手，難怪席歐會對西洋棋感興趣。安潔拉，妳懂這種棋嗎？」

「懂一點點。」她緩慢的回答，同時調整著線索的順序。「法官說她是棋子，奧提斯．安柏說他是國王，而可洛是皇后——好吧，這有可能只是巧合。」

「我們要徹底調查，不能有漏網之魚。」賽德爾態度堅決。「遺囑也說了，遊戲目標：獲勝。」

「妳剛剛說什麼？」

「遊戲目標：**獲勝**（**to win**）。」

「『遊戲目標：**雙子**（**twin**）』聽起來如何？也許凶手是雙胞胎。」

「雙胞胎！」賽德爾喜歡這個想法。剩下的問題就是要讓謀殺犯承認他（或她）有雙胞胎兄弟姊妹了。「回我公寓吧，該重新抄寫整理那些速記了。」

安潔拉扶行動不便的她起身，緊張的探頭張望後才走到走廊上。

賽德爾看到她膽小的模樣咯咯笑了。「安潔拉，沒什麼好怕的。威斯汀是因為錢太多才被謀殺，我們還沒發財啊。我們要查出那個名字，之後才會變有錢，才有可能會被謀害。等我們收下遺產時，謀殺犯已經被關進監獄了。」

她的推論無懈可擊，但安潔拉在走向3C的路上還是回頭看了好幾次。

「怪了。」賽德爾站在敞開的公寓門口。她離開時有將門甩上，但沒鎖上多段鎖，畢竟沒有小偷能進入大雪封鎖的建築物，除非……

安潔拉太害怕了，沒注意到賽德爾衝進公寓，拐杖舉在空中揮啊揮的。後來她發現自己的搭擋在廁所裡翻找籃子內的髒衣物。

賽德爾・普拉斯基盯著空蕩蕩的柳條籃子底部，慢慢坐到浴缸邊緣，不敢置信的搖頭。日落塔內的某個人，偷走了她的速記本。

9◆公布欄

隔天一大早，電梯的後牆上釘了一張索引卡，上頭的字句是打字機打出來的：

……

遺失重要商業文件，對持有者是無價之寶，但對其他人是廢紙。請歸還給3C的賽德爾·普拉斯基。既往不咎。

……

沒人歸還賽德爾的筆記本，不過將後牆化為公布欄的概念立刻獲得了迴響。到了當天接近傍晚時，電梯上貼滿了各種告示。房客搭乘電梯上下的同時，閱讀著那些告示。

⋮

遺失銀十字架（附金屬鏈），黃玉別針和耳環，鑲金袖扣。
請歸還給3D的葛蕾絲．溫瑟．韋克斯勒。
歸還者有賞！

⋮

願意討論、分享線索的繼承人
請於明早十點來咖啡店。

⋮

偷走我米老鼠時鐘的人最好還給我。
趁沒人在看時，放到3D門前的走廊上就行了。
小龜．韋克斯勒

……

跟樓上點餐，別叫餐上樓！
或者來五樓，優雅的在胡家餐館用餐吧！
我們專門提供美味的中式料理。

……

遺失一串珍珠，具有情感價值。
你若發現了它，請帶到2C，感謝。
　芙蘿拉·波拜克（裁縫、修改衣物，價格合理）

……

發現：六條線索
以下線索印在方形的威斯汀衛生紙上
發現地點是三樓走廊。
內容是：有辮子　踢人的　烏龜　是　個　臭小鬼

⋮

我將在今晚八點舉辦一個非正式派對，
邀請大家來參加。
希望能見到你們。

4D，荷西—喬・福特

⋮

小龜，不管妳在哪——
都要在七點半準時回家！！！

愛妳的媽

⋮

「媽，我回來了。」沒有其他人在。

芙蘿拉・波拜克在電梯裡一讀到韋克斯勒太太留下的紙條，便堅定的對小龜說：「一定要乖乖聽妳媽的話。」小龜回答：「她說給她看線索也要照做嗎？」

芙蘿拉．波拜克的回應是：「也許吧，畢竟她是妳媽。」

芙蘿拉．波拜克太感情用事了，總是笑得像個蠢蛋，總是對所有人都彬彬有禮，有夠膽小。她們打了好幾次電話，最後總算聯絡上一個被雪困住的證券經紀人，結果芙蘿拉．波拜克緊張到弄掉話筒。小龜承認自己也有點緊張，不過這是她第一次購買股票呀。她一度以為撲通狂跳、跳進喉嚨裡的心臟會噎死自己，但還是成功完成了交易，像個行家。接下來只希望股票會漲了，她就能讓威斯汀先生見識她的煉金能耐。下一次的遺囑一定是「運用一萬美金賺到最多錢的組合，得以繼承所有財產」。她很肯定。

「喔，妳在這啊。」葛蕾絲．韋克斯勒的態度很不客氣，彷彿小龜才是遲到的那一方，不過她馬上就軟化了。「來吧，親愛的，我們去妳房間，我來幫妳綁頭髮。」

她媽坐到她身後的狹窄床緣，放下她深棕色的頭髮，把頭髮梳得光澤煥發。她好久、好久沒有這麼仔細的幫她梳頭了。

「晚餐吃了嗎？」

「波拜克太太幫我煮了晚餐。」小龜感覺有手指將她的頭髮分成一綹綹。她的母親好溫暖、好親切。

「妳可憐的老爸八成餓壞了。他忙著講電話，更改預定等等的。」

「爸在咖啡店吃了，我剛剛有看到他。」

小龜剛剛衝進去大叫：「辮子烏龜再度出擊！」然後踹了吃驚的席歐的小腿。（但寫那告示的人是道格拉斯．胡，不是席歐。）

她母親將三綹頭髮結成辮子。「我認為妳今晚應該要穿禮服，妳穿粉紅色的禮服很漂亮。」

漂亮？她從來沒用過那個字，不曾用在她身上。發生了什麼事？

「我說啊，甜心，妳不肯把線索告訴自己的媽媽，讓我挺心痛的呢。」

原來是這麼一回事，她早該知道的。「我的嘴巴拉上拉鍊了。」小龜頂嘴。

「就一個小小線索好嗎？」葛蕾絲哄她，同時將一條橡皮筋綁在辮子的末端。「嗚、嗚、嗚。」嘴巴拉上拉鍊的小龜回答。

安潔拉走進小房間，拉了小龜的辮子一下（這麼做還能逃過一劫的人只有她姊）。

葛蕾絲對她偏愛的女兒燦笑，牽起她的手，然後倒抽了一口氣。「安潔拉，妳的訂婚戒指呢？」

「我的手指起了疹子。」

咚，咚，賽德爾．普拉斯基出現在門口了。「嗨，妳們在更衣室裡做什麼？」

「看吧，我就跟妳說這是個更衣室。」小龜說。

葛蕾絲忽略她的抱怨。善待不知感恩的小孩根本沒有好處，不懂得滿足，總是抱怨東、抱怨西，叫個沒完。「喔，妳好，普拉斯基小姐。」

「我這陣子感覺有點虛，不過沒有事情可以阻止我參加派對。」

賽德爾的拐杖塗上了黑白方塊的圖案，搭配她的黑白方塊洋裝，大大的圓形耳環也是黑白雙色，白色垂在左耳下，黑的在右邊。

「辦派對真是令人開心的主意。」葛蕾絲對速記本的主人很友善。「我在電梯裡看到邀請後，就建議胡先生打電話給法官，看她需不需要一些前菜，他當然就接到了七十幾道菜的訂單。」她轉頭對安潔拉說：「親愛的，妳是不是該換衣服了？時間有點晚了，迪爾醫師不能陪妳參加真是糟糕啊，不過妳爸和我會跟去的。」

「安潔拉會和我一起去，妳也知道我們是搭擋。」賽德爾都計畫好了，她們會穿一樣的衣服現身。今晚她們就會知道，繼承人當中有沒有人是雙胞胎。

「我要跟波拜克太太一起去派對。」小龜表示：「那個告示說法官邀請每一個人。」

葛蕾絲再度忽略她。「對了，普拉斯基小姐，希望妳能改變心意，讓我們看看那份筆記。」

輪到祕書緊閉雙脣了。如果有誰說高傲的葛蕾絲・溫瑟・韋克斯勒從不幸的殘疾人士手中偷走筆記，然後再對她的傷口灑鹽，她聽了也不會意外。

葛蕾絲又試了一次，聲音甜美如蜂蜜。「妳當然也知道，我要是贏得了遺產，我擁有的一切都會傳給安潔拉。」

小龜跳了起來。「讓我出去，待在這個更衣室裡沒辦法呼吸。」她踢床、踢椅子、踢桌子，用手肘擠開不滿的祕書。

「這孩子到底有什麼毛病？」她媽說。

⋮

福特法官在教席歐如何當個好酒保時，電話響了。被大雪困住的報社員工在檔案中發現了好幾個情報。

「首先是安潔拉・韋克斯勒和丹頓・迪爾的訂婚啟事，接著是好幾張剪報，內容都和山姆・威斯汀挨告的官司有關，告他的發明家叫做……」

「請等一下。」胡先生帶著一大盤前菜搖搖擺擺的進門了，法官指了一下自助餐區要他過去，然後對來電者致歉。「抱歉，能請你再說一次那個名字嗎？」

「詹姆斯．胡，他宣稱威斯汀的拋棄式紙尿布抄襲了他的點子。」

「請等我一下。」法官用手蓋住聽筒。「胡先生，請不要走，我希望你留下來參加派對，當然是以客人的身分參加。我也希望你太太和兒子都來。」

胡先生發出嘟嘟囔囔的抱怨，他討厭派對，也受夠那種場合了。人們總是吃吃喝喝表現得像個小丑，還不斷鬼扯……這正好啊，鬼扯個不停，就會走漏線索了。「我馬上回來。」

聽筒傳來不耐煩的嘆息聲，接著查到資料的報社員工繼續說：「我這裡還有一大疊運動相關新聞，報導的是另一個姓胡的人，道格拉斯．胡。這高中男孩跑出的田徑賽成績似乎非常好。妳給我的名字只能查到這些，不過跟威斯汀有關的剪報有一大堆，我還有得查呢。」

「非常感謝你。」

門鈴響了。

派對即將開始。

10◆漫長的派對

「希望我們沒有太早到。」葛蕾絲．溫瑟．韋克斯勒以往參加派對總是姍姍來遲，不過今晚例外。她不想錯過任何消息或線索，也不想在公寓裡耗，因為謀殺犯就在外頭跑來跑去。「我想妳應該沒見過我丈夫，韋克斯勒醫師。」

「叫我傑克就好。」

「你好，傑克。」福特法官說。握手強而有力，眼睛四周有笑紋。他要有點幽默感，才能招架一個想要打進上流階級的老婆。

「真是個可愛的客廳，傢俱非常講究實用性。」葛蕾絲評論：「我們的室內格局都一樣，但跟我家看起來好不一樣，妳一定要過來看看我做了什麼。我可是個室內設計師呢，懂我意思吧。對單身女性來說，三個臥室似乎太寬敞了。」

三個臥室是什麼意思？這是一房公寓。「韋克斯勒太太，要不要吃個開胃菜呢？我很想知道妳跟威斯汀家究竟有什麼關係。」

法官想對這個「女繼承人」發動出其不意的攻勢，但葛蕾絲用咳嗽爭取了一些時間。「天啊，那薑真辣——是四川的調味方式呢。嗯，我跟他們家有什麼關係？我想想，山姆大叔是我爸的大哥，還是我爺爺的小弟呢？」

「抱歉，我得去接待客人了。」法官拋下那個鬼扯的冒牌貨。父親的兄弟或爺爺的兄弟？如果是她爸那邊的親人，她的本名應該會姓威斯汀才是。

派對沒有止盡，沒人敢當第一個離開的人。（待在人多的地方比較安全，而且這裡還有個法官。）因此客人們不斷吃吃喝喝、東扯西扯，然後看著其他客人吃吃喝喝、東扯西扯，就是沒人笑。

「我猜謀殺不是一件有趣的事情。」傑克．韋克斯勒說。

「錢的事也不是。」胡先生悶悶不樂的回答。

足科醫師確定他的妻子已找到完美的交談對象，於是朝靜靜站在前窗的兩名女性走去。「笑一個吧，安潔拉寶貝，妳很快就會跟妳的丹頓碰面了。」他的女兒從他的擁抱中掙脫。「妳還好嗎，安潔拉？」

「我沒事。」才怪。他們為什麼要一天到晚問她丹頓的事？沒有他在，她就什麼也不是了嗎？喔，不只是那樣。還有她媽（當著眾人的面）指責她的「雙胞胎」打扮，讓她承受羞辱，還逼她回家換衣服。還不只那部分，令她悶悶不樂的是一切的一切。

傑克轉身對胡太太說：「妳好啊，我的伙伴。」

「爸，她不會說英文。」安潔拉冷冷的說。

「安潔拉，如果沒人跟她說話，她就永遠不會說啦。」

「雪。」胡太太說。

傑克看著她手指的方向。「沒錯，雪，一堆一堆的雪。雪，樹，路，密西根湖。」

「中國。」胡太太說。

「中國？呃，沒錯。」傑克回答：「中國。」

安潔拉撇下聊起來的兩人。為什麼她沒辦法表現出友善的態度？因為她可能會犯錯，然後激怒她媽。

「聽話的女兒安潔拉」並不只是媽要她扮演的角色。

「妳好啊，安潔拉，吃點好吃的小點心也許就會開心起來了。」福特法官將托盤遞到她面前。「聽說妳很快就要結婚了。」

「某些人就是特別幸運。」賽德爾．普拉斯基突然冒了出來，湊向托盤又走一塊豬肉。「當然了，並不是所有女人都想進入婚姻，對吧，福特法官？有些人比較希望把生命奉獻給事業，不過我得說，如果有丹頓・迪爾那種年輕又帥氣的醫生向我求婚，我也許會改變心意，可惜他沒有雙胞胎兄弟。」

「容我失陪。」法官走了。

「安潔拉，我倒楣透了。」賽德爾哀號：「要不是妳媽要妳換衣服，一定會有人看到我們就主動提起『雙胞胎』這個字。我自己提的話，很難判斷別人的反應。妳不該讓妳媽那樣管，妳已經是大人了，是即將結婚的大人。」

「失陪了。」安潔拉走了。

「是的，謝謝你，我想要再一杯。」賽德爾自言自語，然後一跛一跛的走向酒吧。「請給我無酒精飲料，醫生說我不能沾到酒。給我雙份——雙子倍。」

雙子倍？她在說什麼？納悶的席歐盯著她的黑白方塊洋裝。「幫棋盤裝準備雙份薑汁汽水，馬上來。」

⋯

法官隱身在客人之中，觀察兩個站在角落的人。日落塔居民當中，只有他們不是威斯汀繼承人。

喬治・席歐多拉基斯按著病弱兒子的肩膀，那隻手很大，是古銅色的，有重度勞動的痕跡，就像席歐那樣。席歐有許多方面跟他很像：高大、寬肩、細腰，黑髮同樣直順豐厚，不過歲月在父親臉上鑿刻的痕跡更明顯。他不安的望著房間另一頭的安潔拉。

凱瑟琳．席歐多拉基斯，瘦小而憔悴的女子。她低頭看著幼小的兒子，目光疲憊，眼睛四周有黑眼圈。

輪椅上的克里斯看著其他人的腳。除了那個速記遺囑的搞笑小姐之外，在場的跛腳者就只有他哥席歐（小龜又踹了他一次），以及韋克斯勒太太了，後者單腳站立，用穿著襪子的腳磨蹭著自己的小腿。她腳邊有隻高跟鞋孤伶伶的立在地毯上。福特法官沒有跛腳，而且就算他的線索指向她，她也實在不可能是謀殺犯。沒有人看起來像謀殺犯，大家都是好人，就連那個不斷抱怨的胖中國人也不例外。

喬治．席歐多拉基斯向胡先生打招呼。「生意如何？」胡先生轉過身去，氣呼呼的跺腳離開。

發明家詹姆斯．胡——法官想跟他聊聊，不過酒吧那裡出了問題，客人排了長長的隊伍，但隊伍沒在前進。

「西洋棋有十六個白棋和十六個黑棋。」席歐正在向賽德爾解釋。「福特法官，妳下西洋棋嗎？」

「懂一點，不過我好幾年沒下了。」法官帶著祕書離開擠滿人的酒吧。席歐肯定認為威斯汀遊戲跟西洋棋有某種關係，這想法也許是對的，這遊戲確實跟西洋棋一樣複雜。

「但我有在念書啊。」道格拉斯反駁。

法官打斷了他的話。「胡先生，我還沒有機會感謝你做了這些佳餚。你進這行多久了呢？」

「在樓梯間跑上跑下不叫念書。」胡先生說。

賽德爾・普拉斯基插嘴：「父子？你們看起來比較像雙胞胎呢。」

「妳跟席歐多拉基斯家那個小孩簡直是平起平坐，」胡先生接著說。「妳為什麼不堅持在我們的餐廳開會，而是去那家油死人的咖啡店？」

「因為有些人不喜歡吃炒麵當早餐。」賽德爾・普拉斯基回答。

「妳在這啊，親愛的。」葛蕾絲將安潔拉的一撮亂髮撥好。「妳的髮型得做點調整，雪停後我會幫妳預約我的髮型設計師。對準新娘來說，長髮看起來太孩子氣了。安潔拉，我不知道妳哪根筋出了問題，竟然穿那件老棋盤格洋裝，搭那些糟糕的飾品來參加這個派對。就算妳的搭檔穿得像個怪胎……」

「媽，她不是怪胎。」

「我剛剛跟胡先生談過了，我要請他負責婚前派對的外燴，還會請那個嬌小的胡太太穿絲質的旗袍來送餐。妳要去哪裡？安潔拉！」

安潔拉衝進福特法官的廚房。她得離開那裡，一個人靜一靜，不然她會崩潰大哭。

她不是一個人，可洛也在。這兩個女人驚訝的盯著彼此，然後別過頭去。可憐的孩子。可洛好想向這小美人伸手，想把她擁入懷中並說：「可憐的孩子，真是太可憐了，盡情的哭吧。」但她不能。她只說了一句：「給妳。」安潔拉從女清潔工那裡接下紙巾，揉成一團蓋住臉，悶住她痛徹心扉的啜泣。

賓客們不斷閒聊，談天氣、食物、足球、西洋棋、雙胞胎。小龜倒在沙發上，嘲笑大人的愚蠢派對。她還以為當中有誰懂股票呢。她很想念山迪，山迪是她這棟蠢大樓中唯一的交談對象。

「還記得遺囑引用的那句『上帝為你們煉金』嗎？」芙蘿拉．波拜克問。

「我們來做個調查吧，它一定是出自《聖經》，我賭十分錢。」

「是莎士比亞。」小龜爭論。「我們賭十美金吧。」

「喔，天啊！嗯，好，就賭十美金。」

她們一起做了調查。《聖經》四票，莎士比亞三票，還有一票棄權（胡太太聽不懂問題）。

賽德爾．普拉斯基投巴布希雙胞胎[9]一票。「妳怎麼知道遺囑裡有那句話？」她疑心重重的問。疑心好幾百重。

看來「遺失：重要商業文件」只代表一件事，有人偷了她的速記本。小龜對這令人不快的疑問笑了出來。「因為我就是記得。」

「既然妳記得那麼清楚，那就告訴我上一句是什麼啊。」賽德爾激她。

「我不知道啊，不行喔？」

祕書現在得到一個聽眾了。「我可以告訴妳啊，我不在乎，但妳要先求我。」

席歐說：「拜託。」開口的人不是小龜。

賽德爾轉身面向他，動作原本應該是很優雅的，但拐杖頂端戳中了她的胸口，讓她的臉皺了起來。「完整的內容應該是，」她大聲宣告，希望自己沒說錯。「聰明的花，願上帝為你們煉金。」

9 Bobbsey Twins，同名兒童讀物系列的主角。

正確也好，錯誤也罷，她的話語只收到失望的哀號。繼承人們期待的是更大的收獲：一個提示，一個線索之類的。該回家了。

11 ◆ 會議

蒼白的太陽在第三個大雪紛飛的早晨升起了。密西根湖是一抹沉靜的紫羅蘭色，現在又變成了藍色，不過日落塔房客醒來後望向另一片景色。

他們受到威斯汀宅的吸引，站到側窗邊蔑視危險，大膽做夢。該跟其他人分享線索嗎？還是不該呢？嗯，那就去咖啡店的會議，看看其他人有什麼打算吧。

小龜在像是更衣室的房內盯著山丘上的楓樹，它的枝幹負載著白色重擔。一根樹枝無聲的折斷，一陣鵝毛似的白雪撒在結冰的積雪上。

她媽要是忙起來，有時會叫安潔拉進來幫她弄頭髮，但今天沒人進來，她們都忘記她了。

她緊抓著大板梳和細齒梳衝進2C公寓，像帶著武器似的。「妳知道要怎麼梳辮子嗎？」

芙蘿拉胖胖短短的手指拿針很靈敏，拿梳子就很笨拙了。她嘗試了好幾次，最後還是成功將頭髮分成等量的三綹了。「天啊，妳頭髮好濃密喔。我曾經試著幫我的女兒綁辮子，但她頭髮太細、太軟、髮量太不夠了，像個小寶寶似的，就算長到少女時期也一樣。」

那是小龜最不想聊的話題。「她漂亮嗎？我是說妳女兒。」

「所有母親都認為自己的小孩很美。別人說羅莎莉是個特別的小孩，但她也是史上最可愛的女孩。」

「我媽不覺得我美。」

「她當然覺得。」

「我媽說我還小的時候看起來就像烏龜，從被子裡伸出頭來。我猜我現在看起來還是像烏龜，不過我不在乎。妳女兒現在在哪？」

「過世了。」芙蘿拉．波拜克吞下喉嚨內的哽咽。「喏，辮子應該可以撐一整天吧。對了，妳從來沒告訴過我妳的本名。」

「愛麗絲。」小龜回答，並在鏡子前一再轉頭。綁得很緊，沒有一根頭髮是漏網之魚。羅莎莉，真是個蠢名字。「妳現在該去參加會議囉。記住，別對任何人說半個字，聽就好。」

「好的，愛麗絲，我保證。」

席歐推著輪椅上的弟弟進入電梯，閱讀牆上的最新消息：

歸還金色鐵路錶者，可得獎金二十五美元

錶上刻有以下字樣：給艾茲拉．福特

感謝您在密爾瓦基鐵路三十年來的服務

荷西—喬．福特，4D

⋮

「福——特、特，福——特。」克里斯說。

「沒錯，福特法官。那一定是她父親的錶，八成弄丟了。我覺得不可能是昨晚參加派對的人偷的。」

克里斯微笑，他哥沒聽懂他的意思，太好了。這可能是個重要的發現——福特法官的名字跟她的公寓發音相同：福特（Ford），4D（four D）。

席歐領著等待的房客通過廚房，席歐多拉基斯夫婦端出茶與咖啡。「抱歉，奶精和檸檬用完了，請享用我們自製的鹹派。」

走進咖啡店就像進入一個洞穴。雪牆壓上玻璃窗，攀上通往停車場的那道門。

「我有輛車被埋在那。」葛蕾絲．韋克斯勒俐落的坐到她伙伴對面的位子。「希望我能趕在鏟雪車出動前找到它。」

「前提是鏟雪車真的會來。」胡先生接話：「還好這個會議不是在我的餐廳舉行，供免費的茶水會供到破產。我是說，如果你們認為這叫茶的話啦。」他輕蔑的拿起茶包，接著發出哀號——他兒子滿身汗的跑來，嘴裡叼著小麵包，撐起身體躍上一張凳子。「妳女兒小龜呢？」

葛蕾絲．韋克斯勒環顧四周。「我不知道，也許在幫她爸記帳吧？」

「記帳！」胡先生發出笑聲。葛蕾絲不知道這到底有什麼好笑的，但她跟著對方一起大笑。沒什麼比密友間的笑話更能引人嫉妒。

賽德爾．普拉斯基以為自己遭到嘲笑，還來不及穩穩坐到吧檯椅，手上的圓點拐杖就滑了出去，還將咖啡潑到安潔拉的織錦肩背包上。

叮，叮，席歐拿湯匙敲打玻璃杯吸引眾人注意。「感謝大家前來，會議結束後，歡迎留下來下西洋棋。在此同時，我想解釋我的伙伴和我……我們為什麼要把這次集會稱為會議。我不知道各位的線索如何，但我們的完全拼不出合理的意思。」繼承人全都面無表情的盯著他，沒人點頭，甚至也沒人眨一下眼睛。「聽好了，假如遺囑說得正確，沒有一組線索重複，那可能代表線索只是某個訊息的片段。集合愈多線索，就愈有可能找出謀殺犯，贏得遊戲。當然了，配合的人可以均分遺產。」

賽德爾．普拉斯基舉手了，彷彿學校裡的女學生。「那遺囑裡的線索該怎麼辦？」

「是的，普拉斯基小姐，妳要是給我們一份影本，我們會很感激的。」席歐回答。

「嗯，均分似乎不太公平，因為我是唯一一個想到要做筆記的人。」賽德爾轉頭面向眾人，其中一邊眉筆畫的眉毛高高挑起，高過紅色亮片鏡框。

胡先生受不了她得意洋洋的姿態，大聲嘟噥著擠出雅座，將筆記本甩在櫃臺上。

「小偷！」祕書尖叫，一把抓走筆記本，差點從凳子上跌下來。「小偷！」

「我沒偷。」胡先生氣憤的解釋：「我今天早上在餐廳桌上發現的。信不信隨妳，我沒差，因為妳自私的拿在我們面前晃啊晃的筆記其實一點價值也沒有。我的伙伴懂速寫，她說妳的速寫只是沒意義的塗鴉，鬼畫符。」

「徹底的鬼畫符。」葛蕾絲．韋克斯勒補了一句。「標準速寫符號都正確，卻無法轉譯成句子。」

「小偷！」賽德爾大叫，轉而指控韋克斯勒太太。「小偷！賊！重罪犯！」

「賽德爾，別這樣。」安潔拉輕柔的說，眼睛看著她正在刺的字。

「安潔拉，妳不懂，妳不懂我的感受……」她的聲音哽住了。她停下來抨擊她的敵人，所有人。「誰會理賽德爾．普拉斯基？沒有人，一個也沒有。我不是笨蛋好嗎？我知道我不能信任你們之中的任何人。你們解讀不了我的速寫，因為我是用波蘭文寫的。」

波蘭文?!?!

⋯⋯

眾人再度召開會議時，胡先生提出一項建議：普拉斯基小姐交出遺囑抄錄稿給大家——而且要英文版的，將來可以多分到一些遺產。「不過我要再三強調，筆記不是我或我的伙伴偷的。如果有誰懷疑我們是謀殺犯的話，請省點工夫吧，我們都有無懈可擊的不在場證明。」

吃著小麵包的道格噎到了。如果扯到不在場證明，他們就會發現他案發當晚人在哪裡。在威斯汀家的草坪上。

胡先生接著說：「我和我的伙伴同意和大家分享線索，證明我們的清白。」

「等等，胡先生。」福特法官站了起來，她得在事情超出掌控前開口。「容我提醒你……以及所有人一件事：一個人被證據定罪前，我們得推定他無罪。大家有權分享或不分享自己的線索，不需要扯到犯罪。我建議大家審慎思考，晚點再做出決定，也要等所有繼承人到場啊。不過既然大家都集合到這裡來了，我想問一個問題，也許其他人也有想問的事。」

他們全都有想問的事。繼承人們擔心自己的計畫洩漏出去，因此決定採取不計名的方式，將問題寫在紙上。道格收集了所有的紙片，交給席歐。

「有誰是雙胞胎嗎？」他讀出問題。

沒人回答。

「小龜的真名是什麼？」道格．胡打算再放一個討人厭的告示。

「塔比莎—露絲。」韋克斯勒太太回答，同時困惑的看著芙蘿拉．波拜克，因為後者說：「愛麗絲。」

「呃，到底是哪一個？」

「塔比莎—露絲．韋克斯勒。我當然知道，我是她媽。」

道格改變主意，不做告示了，他不知道塔比莎—露絲該怎麼拼。

席歐打開紙片，念出下一個問題。「這裡有多少人見過山姆．威斯汀本人？」

葛蕾絲．韋克斯勒舉手，放下，半舉，然後又放下，內心不斷受到拉扯。她宣稱自己是山姆．威斯汀的親戚，又怕被指控是謀殺犯。胡先生（是個誠實的人）舉起手，沒放下。他是唯一一個。這問題是福特法官問的，她沒必要回答。

下一個問題寫得很潦草，席歐認得那字跡。「上禮拜誰被踢？」沒人回答克里斯的問題，會議因為眾人陷入恐慌而中斷。

12◆第一顆炸彈

事情來得好突然：刺耳的轟隆聲，尖叫，困惑。席歐和道格跑進廚房，席歐多拉基斯太太跑了出來，她的頭髮、臉、圍裙都沾滿暗紅色液體。

「血！」賽德爾・普拉斯基大叫，緊抓著自己的胸口。

「別光是坐在那，」凱瑟琳・席歐多拉基斯大喊：「誰打個電話叫消防隊！」

安潔拉衝向牆邊的付費電話，站在它前面發抖，不知道到底該不該撥號。他們被暴風雪困住了，消防車到不了日落塔的。

席歐在廚房門邊探頭察看。「沒事，沒起火。」

「克里斯，親愛的，沒事。」席歐多拉基斯太太跪在輪椅前面說：「不要緊的，克里斯，你看！只是番茄醬。」

番茄醬！沾在席歐多拉基斯太太身上的是番茄醬，不是血。充滿好奇心的繼承人們全擠進了廚房，只有賽德爾・普拉斯基例外。她癱在角落，要是心臟病發也沒人發現。

胡先生細看意外現場，小心隱藏自己的竊喜。「真是一團亂呢。」他說：「肯定是烤箱散發的熱度害那排罐頭爆開的。」整個廚房都灑滿番茄醬，還堆著滅火器的泡沫。「一團亂。」

喬治・席歐多拉基斯用懷疑的眼神盯著胡先生。「是炸彈。」

凱瑟琳・席歐多拉基斯也那麼想。「我剛剛聽到嘶嘶聲，然後是『砰、砰』兩聲，整個廚房充滿火花。紅色火花、紫色火花。」

「是番茄醬罐頭爆炸了。」道格・胡為父親辯護，其他人也同意。席歐多拉基斯太太是陷入歇斯底里才有那樣的反應，大家都能理解。炸彈？太荒謬了。山姆・威斯汀看起來一點都不像死於炸彈爆炸。

福特法官建議立刻向警方報案，好蒐集證據。

「你們也得重新布置整個廚房了。」室內設計師葛蕾絲・韋克斯勒提案：「除了講究機能性之外，也要留意美感，你們應該在天花板掛許多銅鍋。」

「我不認為我們有實質的損失。」凱瑟琳・席歐多拉基斯回答：「不過我們得關店幾天打掃一下。」

胡先生微笑，安潔拉提議幫忙。

「安潔拉，親愛的，妳今天下午要試衣服。」葛蕾絲提醒她。「週六的婚前派對還有許多準備工作要做呢。」

賽德爾．普拉斯基大力踱步進門。「我現在沒事了，只是有點昏。天啊，真是要命的頭暈。」

⁝

要命的頭暈平息後，賽德爾．普拉斯基總算靜下來開始將速寫轉譯為波蘭文，再翻譯成英文。公寓門突然發出一串響亮的敲門聲，嚇得她按錯打字機按鍵。

「開門！」

安潔拉認得那聲音，於是去開了門。小龜氣呼呼的說：「好啦，安潔拉，東西在哪裡？」

「什麼？」

「妳從我桌子那裡拿走的報紙。」

安潔拉打開織錦肩背包，小心翼翼的撥開刺繡、私人物品，以及其他隨身物品，取出折到威斯汀新聞那頁的報紙。「抱歉，我原本想先問過妳再拿的，但妳剛好不在。」

「我的米老鼠時鐘不會也剛好裝在那裡面吧？」小龜看到姊姊受傷的表情，態度就軟化了。「我開玩笑啦。妳的訂婚戒指又丟在洗手臺了，最好趕快去拿，免得又被人偷走。」

「喔，我不擔心誰會偷安潔拉的戒指。」賽德爾．普拉斯基表示：「沒有一個母親會低級到那個地步。」

小龜覺得「葛蕾絲可能是小偷」這件事實在太妙了，忍不住倒到沙發上滾來滾去哈哈大笑。笑一笑感覺真好，今天股市下跌了五個百分點。

「安潔拉，請叫妳妹妹把髒鞋脫掉，別弄到我的沙發。叫她坐好，表現出淑女的樣子。」

小龜起身，發出極像母親的咂嘴聲，不過她不打算沒回嘴就默默離開。她雙手盤在胸前，倚牆站著發動攻勢。「媽認為偷走筆記本的人是安潔拉。」奏效了，看她們嘴巴都合不起來了。「因為媽說想看筆記的內容。媽不管說什麼，安潔拉都會去做。」

「任何人都可能偷走我的筆記，那天我並沒有鎖上多段鎖。」如果賽德爾無法相信自己的伙伴，她就會變成孤伶伶一個人了，孤立無援。

「媽真的那樣說嗎？」安潔拉問。

「沒有，但我知道她是怎麼想的，我知道每個人的思考模式。大人太容易看穿了。」

「亂說。」賽德爾罵她。

「比方說，我知道安潔拉不想嫁給那個呆頭實習醫生。」

「亂講，妳在嫉妒妳姊姊。」

「也許吧。」小龜不得不承認。「但我就是我，我不需要拐杖來引人注意。」

喔，慘了，她說得太過火了。

「賽德爾，小龜的意思不是那樣。」安潔拉趕緊說：「她把『拐杖』那個字當成一種象徵，意思是，就那個嘛，人害怕表現出真實的自我，所以會躲在某種道具後面。」

「喔，是嗎？」賽德爾回答：「那小龜的拐杖就是她的大嘴巴。」

不對，安潔拉一面想一面將妹妹趕出門，趕她回家。小龜的拐杖是她的辮子。

⋯

報社員工再度打電話來，說他發現了二十年前威斯汀鎮派對上拍的照片。

「妳要我查的其中一個名字出現在照片注解，薇歐莉特・威斯汀的男伴——喬治・席歐多拉基斯。」

「繼續說。」法官說。

「沒了。」他保證會盡快把威斯汀檔案中的簡報寄給她，但要等他剷完雪。

法官現在知道四名繼承人和威斯汀之間的關係了。這四個人分別是發明家詹姆斯・胡、席歐的父親、她的搭檔山迪・麥索瑟（曾經被威斯汀紙廠開除），還有她自己。但她得了解更多，比現在多更多，她才能保護大家不受山姆・威斯汀的報復。

她應該雇一名偵探才對，私家到不行的那種，跟她律師執業期間和當法官時都沒有交集的人。荷西—喬・福特翻開黃頁，查詢「偵探——私家偵探」。

「唉呀！」她的手指停在名單的最上頭。這是巧合還是狗屎運？還是說，她完全受到山姆・威斯汀的擺布？沒得選了，只能賭一把。法官撥了號碼，不耐的拍著自己的腿，等待電話接通。

「你好，如果你是要找被雪困住的私家偵探，那就找對人了。」

對，她沒打錯電話。這可能是什麼伎倆，但並不是巧合。對方的聲音就是那個人的聲音，完全一樣。

13◆第二顆炸彈

胡家餐館裡空無一人，炸彈客將一個標示為「味精」的高罐子，放到架上相似的罐子後方。六點半一到，彩色條紋蠟燭就會燒到剛好點燃引信的高度。那時，正在工作的人會待在房間另一頭，沒人會受傷。

由於咖啡店蒙受不幸的損害
胡家餐館已準備好能滿足所有人的晚餐。
請讓我們下樓為各位服務，或請搭電梯來五樓。
讓味蕾享受頂級佳餚
同時欣賞融化前的驚天雪景。
而且價格合理。

葛蕾絲・韋克斯勒搭電梯上樓做新工作時，順便將廣告貼到牆上。她準備去當帶位服務生。

「廚師呢？」胡先生大吼（指的是他老婆）。他在四樓後方的公寓找到了胡太太，她正跪在竹編行李箱前，把玩著中國帶來的兒時回憶小物。他一路催她回到廚房，焦躁到不想解釋現在的狀況。他的懶鬼兒子又跑哪去了？

道格在樓梯間做完極耗體力的訓練後慢跑進門。他哪知道今天餐廳會提早營業？大家都懶得告訴他。

「就有你這種學生。有食蟻獸腦力的人自己就會想到了：房客缺食物，咖啡店又在關門維修。別辯了，去沖個澡，換上你的服務生制服。動起來！」

「你不覺得自己對那孩子太嚴苛了嗎？」葛蕾絲評論。

「旁人得推他一把。如果讓他自己來，他只會整天跑步，什麼事都不做。」

胡先生趁著咬巧克力的空檔回答：「妳對安潔拉也很苛。」

「安潔拉？安潔拉天生優秀，是一個完美的小孩。至於另外一個嘛，嗯……」

「當爸媽真不簡單。」胡先生哀傷的說。

「這話你可以再說一次。」葛蕾絲屏住呼吸。她丈夫要是聽她這麼說就會重說一次，不過胡先生只是點頭表達同情。真是個紳士。

只有席歐多拉基斯夫婦請他們送餐下去，其他日落塔的房客都在櫃臺排隊，等葛蕾絲．溫瑟．韋克斯勒帶位。她將尺寸過大的菜單夾在腋下，首度感受到一股令人驕傲的能量從修過指甲的腳趾頭直衝上每一根鬈髮。如果山姆大叔可以幫人分組，她也可以。

「克里斯，你每天都跟哥哥碰面，要不要改跟其它人一起用餐？」她沒等男孩回答，就將他推到窗邊的桌子去，反正他一定會說好。

兩個身障在一起了，賽德爾．普拉斯基心想。她會給那個自以為高人一等的女服務生好看的，她會給所有人好看。她跟克里斯也可以有圈內笑話，大家都會想：可惜沒辦法跟他們同桌。

「什麼是、摸、哥……菇、吉、雞片？」克里斯問，菜單上的怪詞令他困惑。

「應該是水煮蚱蜢吧。」賽德爾的臉皺成一團，克里斯哈哈大笑。「或是淋了巧克力的鹿肉。」

「新鮮、炸……老、老鼠。」克里斯說，換賽德爾笑了。兩人都發自內心的大笑，但沒人羨慕他們。

「你弟弟和普拉斯基小姐似乎處得很開心呢。」

席歐點點頭，敬畏著美麗的安潔拉。她大他三歲，皮膚細嫩、金髮亮麗，活在他伸手無法觸及的地方。他和她坐同一張桌子，只有他們兩人，而他想不到任何可以告訴她的事。他想到的話題都會讓他顯得幼稚或愚蠢，或幼稚得很蠢。

安潔拉通常比別人少話，但她又主動了一次。「你打算明年去念大學嗎？」

席歐點點頭，然後又搖搖頭。說話啊，蠢蛋。「我申請到威斯康辛大學麥迪遜分校的獎學金，但我不會去讀，我要去工作。」她的眼睛好大，多麼憂心忡忡的天藍色大眼睛啊。「克里斯要動的手術會花很多錢。」這句話更糟，現在她開始可憐他了。「如果克里斯生下來就是這樣，情況也許不會那麼糟，但他原本是個百分之百正常的孩子，很棒的孩子，也很聰明。大約四年前，他的動作開始變得笨拙，一開始只有一些小狀況。」

「也許我的未婚夫可以幫忙。」安潔拉咬著嘴唇。席歐不是想要施捨。還有未婚夫，真是個老派又蠢的字。「我上過一年大學。我想當醫生，但是，嗯，我們其實並不怎麼有錢，不像我媽裝出來那樣。我爸說我要是真的很想讀，他可以想辦法，但我媽說女人要進醫學院實在太難了。」她為什麼要扯這些？

「我想當作家。」席歐說。聽起來真的很幼稚。「妳要是贏得遺產，會想回去念大學嗎？」

安潔拉低下頭去，那是她不想回答的問題，或者說無法回答。

⁘

早在成為法官前，荷西—喬．福特就決定停止微笑了。缺乏理由的微笑會損及她的人格。嚴肅的面孔會使微笑者居於守勢，珍稀的微笑能讓緊張的證人放鬆。她現在對裁縫師展露了少見的微笑。「很高興能有妳作伴，波拜克小姐。昨晚我實在沒什麼時間能跟自己的客人聊天。」

「那個派對很棒。」

芙蘿拉．波拜克的雙手閒不下來，此刻正撥弄著餐巾。她坐下後顯得更嬌小、豐滿。她多年來不斷取悅客人，所以臉上才留下了那些笑紋？還是說，那笑臉的背後藏著什麼悲劇？「妳一直以來都是專做結婚禮服嗎？」

「我先生和我有家店，開很多年了。『波拜克的新郎與新娘禮服』，你聽過嗎？」

「沒有，很可惜。」法官在任何情況下都會回答「沒有」，好讓證人繼續說下去。

「也許妳聽過『芙蘿拉的新娘禮服』？丈夫離開後，我改成了這個店名。我不太懂新郎服，反正大多都是租的。」芙蘿拉．波拜克不再膽怯，法官讓她繼續說。「我打算在安潔拉的禮服上半部使用祖傳蕾絲，這料子已經在我家傳三代了。我在婚禮上穿過，夢想將來讓自己的女兒也穿，不過我到四十多歲才生下羅莎莉……」裁縫師打住了，嘴脣勾出一個更大的笑容。「安潔拉一定會成為美麗的新娘，我竟然會想到那個女孩，真好笑。」

「安潔拉讓妳想到自己的女兒？」法官問。

「噢，天啊，不是的，安潔拉讓我聯想到另一個女孩，她的結婚禮服也是我做的。她叫薇歐莉特．威斯汀。」

⋯⋯

賽德爾．普拉斯基舉起滿叉食物的叉子，熟練而儀式性的揮了一揮，手鐲上的沉重飾品隨之叮咚作響，然後才送進張開的嘴裡。克里斯的動作比平常更扭曲。她是個好人，他心想，但她放太多心思在自己身上了，也許她一直以來都沒有人可以愛。

「來，讓我幫你裝一些美味又酸甜的鴕鳥肉。」

他們的笑聲淹沒了小龜發出的哀號。她一個人坐在隔壁桌，戴著耳機，線路連向一台收音機。股市又下跌了十二個百分點。

「我餓死了，讓我坐下來吃飯。」葛蕾絲．韋克斯勒昂首闊步，帶著自己的丈夫穿過餐廳。「我只想吃一個醃牛肉三明治，不用妳當我導遊。」

「你想一個人坐，還是想跟那個年輕的小姐坐？」

「我以為我們要一起坐耶。」

「請坐。」葛蕾絲回答：「詹姆斯……我是說胡先生等一下會來幫你點餐。」

傑克從妻子手中抓下菜單，看著她悄然飄向預約櫃臺（他承認她的動作很優雅），然後在胡先生（她叫他詹姆斯）的耳邊低語。「真是亂七八糟。」他大喊，然後轉頭面對與他共進晚餐的對象。「我實在太餓了，連亂七八糟這句話聽起來都覺得好吃。而且從這菜單來看，我八成只吃得到一團亂吧。」

「我沒差。」小龜說。熱門股票的最終成交價在她耳中轟隆隆作響。

胡先生搖搖擺擺的走過來。「我推薦你們點銀花鱸魚。」

「看吧，就像我說的，魚來了。」

小龜關掉收音機，今天已經聽夠多壞消息了。

「香酥肋排如何啊？」胡先生提議，接著壓低聲音說：「包裝工隊那場比賽的讓分是幾分？」

「晚點見。」傑克口齒不清的說。

「爸，你就告訴他吧。」小龜說：「我知道你是簽賭的組頭。」

⋮

「你的腳站得起來嗎？」賽德爾．普拉斯基問：「你能走路嗎？」

其他人從來不問克里斯這些問題，只會背著他找他爸媽講悄悄話。「不、不能。為什、什麼問？」

「有什麼比輪椅更適合小偷或謀殺犯拿來當作偽裝道具？完美的不在場證明。」

克里斯喜歡被當成罪犯的感覺，現在他們真的成為朋友了。「妳什、什麼時候……要、要、要讀、筆記……給我聽？」

「什麼？啊，讀我的筆記給你聽啊。快了，很快很快。」賽德爾用餐巾輕巧的沾了一下嘴角，將椅子往後推，抓起圓點拐杖。「真是豪華的一餐，我得去稱讚一下主廚才行。」她起身時撞倒了椅子，拖著腳步朝廚房門口前進。

「她要去哪裡？」安潔拉準備攙扶自己的搭檔，結果注意力被走廊上的吼叫聲吸走了。

「你好，有人在嗎？」餐廳門口冒出了一個包得緊緊又穿靴子的人影，他跳起笨拙的吉格舞，將雪抖落在地毯上，解下脖子上的羊毛長圍巾大叫：「奧提斯・安柏來了，路通了！」

就在這時，炸彈爆炸了。

⋮

「大家別動！待在原地。」胡先生大喊，同時衝進劈啪作響的廚房。

「只是出了點小差錯。」葛蕾絲・韋克斯勒解釋，開始在餐廳中央發號施令：「沒什麼好擔心的，請趁熱用餐吧。」

一團紅色火花嘶嘶射出廚房雙開門，親吻到天花板後降下閃亮雨點到嚇傻的葛蕾絲周圍。繽紛色彩像螢火蟲般鑽進她的蜂蜜色頭髮，然後在她腳邊化為散落的灰燼。「沒什麼好擔心的。」她沙啞的重述了一次。

「只是在過中國農曆新年。」奧提斯・安柏大叫，還補上招牌的「呵呵呵」

笑聲。

胡先生從廚房門口探出頭來，閃亮的直黑髮（變得更亮更直了）貼在他額頭上，水珠從他月亮般的圓臉上滑落。「叫救護車，發生了一點小意外。」

安潔拉越過胡先生衝進廚房，傑克．韋克斯勒打電話叫救護車，然後派席歐到大廳指引醫療人員。

「你為什麼定在那裡像雕像一樣？」胡先生對兒子大吼。

「你叫大家待在原地。」道格說。

「你不是大家！」

胡太太協助受傷女子在布滿碎片的地板上盡可能調整出一個舒服的姿勢。安潔拉找到一副亮片眼鏡，擦掉潮溼、結晶狀的髒東西，再戴回她搭檔的鼻子上。

「別擔心，安潔拉。我沒事。」賽德爾忍受著疼痛。她希望吸引別人的注意，但不希望別人把她當成一個倒楣、愚蠢，被命運玩弄的受害者。

「看來是骨折了。」救護車隨行醫療人員邊摸她的右腳踝邊說：「抬她時小心點。」

祕書忍住沒哼出聲來。被頭上的灑水器噴溼、身上掛滿麵條已經夠糟了，現在還被抬著經過所有人面前。

葛蕾絲將安潔拉從擔架旁支開。「過幾天，妳再去探望妳的朋友。」

「安潔拉，安潔拉。」賽德爾哀號。她想要搭檔陪在身邊，有沒有尊嚴就不管了。

安潔拉站在態度堅決的母親和幾乎快發狂的搭檔中間，抉擇的時刻像個重擔，壓得她動彈不得。

「安潔拉寶貝，跟妳的朋友去醫院吧。」傑克．韋克斯勒說。其他人也插嘴：「跟賽德爾去吧。」

葛蕾絲發現自己輸了。「安潔拉，也許妳應該去醫院，妳已經好久沒見到迪爾醫師了。」她淘氣的眨了個眼，但只有芙蘿拉．波拜克以微笑回應她。

⋯⋯

警方和火場鑑識人員來到現場一致表示：這只是瓦斯氣爆。幸好灑水器啟動了，不然胡先生的廚房可能會有一場大火。

「多大的火叫大火？」胡先生很好奇。

「那竊案查得如何？」葛蕾絲．韋克斯勒問。

「我隸屬於拆彈小隊。」警察解釋：「你們得打電話給竊案組。」

「咖啡店的意外呢？」席歐問。

「也是瓦斯氣爆。」

傑克．韋克斯勒想知道，兩天內在同一棟建築內，發生兩起氣爆的機率有多高？

「沒什麼好奇怪的。」消防隊員回答：「尤其最近天氣惡劣，室內不通風，雪在管線上結凍。」他要求房客在打開爐子前先讓廚房通風。

接下來三天，韋克斯勒太太調高公寓內的暖氣溫度，然後打開窗戶。她不希望安潔拉舉辦派對時有什麼東西炸掉。

不過，韋克斯勒家正是炸彈客的下一個目標。

14 ◆ 搭檔重聚

鏟雪車開道，接著溫暖的太陽完成了解放日落塔房客的任務（威斯汀家那道人影也出來了），他們都離開了冬日的監牢。

最早出門的人是安潔拉，她用她媽的舊海狸皮毛大衣、帽子，還有小龜的紅靴變裝，遵照賽德爾的指示，匆忙勘查停車場上每一部車子的引擎蓋下方。什麼也沒有（意思是沒有不屬於汽車引擎的異物）。「來自蓋空的驚喜」沒搞頭了。

第二個出門的人是芙蘿拉．波拜克，沒穿靴子、踮腳穿過積水的小龜跟在她身後。奇蹟中的奇蹟發生了：那輛生鏽又破爛的雪佛蘭能發動，不過裁縫師的運氣從此開始走下坡。首先，車子開到一半時，引擎蓋掀了起來。接著，她在股票經紀人辦公室，花了兩小時看神祕符號飄過牆上高掛的發光螢幕，看到都變鬥雞眼了。三小時過後，她臉上的笑容消失了。「我開始頭昏了。」她在硬梆梆的木頭摺疊椅上調整坐姿：「更糟的是，我的屁股好像被木屑刺到了。」

SEA	GM	LVI	MGC	T	AMI	I
5$8½	5000$67	32¼	2$14	1000$65¼	3$19¼	8$22½

「看，我們的股票出來了。」小龜回答。

芙蘿拉．波拜克在「SEA 5$8½」神奇的消失在跑馬螢幕左側前瞄到一眼。「喔，天啊，我忘記那代表什麼意思了。」

小龜嘆了一口氣。「代表SEA賣了五百張，股價八塊五毛。」

「我們會拿到多少錢？」

「不用管，妳只要學我這樣做就行了。我們的股票出現時，抄下它的股價。學校開課後就全靠妳了。」小龜沒告訴她的搭檔，她們在SEA股價十五塊二毛五時買了兩百張股票，光是這支股票就讓她們損失了一千三百五十美金，手續費還沒算呢。神經是鐵做的人才有辦法玩股票。

…

「賓士車擦乾淨了，像新的一樣閃閃發亮。」門房吹噓著推掉五美元鈔票時，臉上的舊疤四周紅通通的。「法官，我不收妳小費，拜託別這樣，妳為我和我太太做了這麼多。」法官把整整一萬美金都給他了。

荷西—喬・福特法官將鈔票塞回口袋，並問候門房的家人好不好，為自己輕率的舉動做點彌補。

山迪坐在直背椅前緣，調整他斷鼻上的細框圓眼鏡（斷掉的鏡架以膠帶黏起來了），然後聊起他的小孩。「我的兩個兒子還在念中學，一個女兒結婚了，懷著我的第三個孫子（她丈夫剛失業，所以全都搬過來跟我們住了），另一個女兒是兼職打字員（她鋼琴彈得很好），還有兩個兒子在酒廠工作。」

「要撐起這麼一個大家庭肯定很辛苦。」法官說。

「沒那麼糟，我當初在威斯汀造紙廠提倡組工會，遭到開除之後就東接一點、西接一點零散工作，不過大多時候我都在打拳擊。我不是中量級好手，但也不差，只是我的臉被揍爛的次數有點多，有時候還會有很嚴重的頭痛，而且腦袋變得有點不清楚。法官啊，妳真是被分配到一個蠢搭檔了呢。」

「我們會表現得很好的，伙伴。」福特法官想和他拉近距離，結果徹底失敗了。「我原本想打電話給你，不過電話簿上查不到你的電話。」

「我們沒用電話了。孩子打太多通電話，我們付不出錢。不過我對線索的研究確實有了一些進展，想看看嗎？」山迪從帽子裡拿出一張紙，放到桌上。福特法官發現他制服後面的口袋有個隨身酒壺凸了出來，不過他的呼吸沒有酒味，而是有薄荷味。

亞歷山大・麥索瑟對線索的解讀：

天空　是　閃　兄弟

SKIES　AM　SHINING　BROTHER

天空SKIES——塞克斯 Sikes（塞克斯醫師是遺囑見證人）

是兄弟AM BrothER——安柏AMBER（奧提斯・安柏）

閃SHINing——SHIN（詹姆斯・信・胡的中間名，或者小龜愛踢的那個部位，小腿。）

兄弟BROTHER——席歐或克里斯・席歐多拉基斯

「太棒了。」法官的評語讓山迪很開心。「不過我們尋找的是一個名字，不是六個。」

「天啊，法官，我沒想到。」山迪沮喪的說。

福特法官把席歐的提案轉告給山迪，不過山迪拒絕配合。「所有線索加起來變成一個訊息？聽起來太簡單了，尤其威斯汀那麼陰險。我們繼續合作吧，就我們兩個，畢竟我有那些人當中最聰明的伙伴啊。」

法官心想，我小費給得大方，所以他才如此淺薄的拍這種馬屁。麥索瑟不是笨蛋，要是他不那麼諂媚——也不那麼愛講八卦就好了。

門房抓抓頭。「法官，我想不透的是，我為什麼是其中一個繼承人？唯一的可能性是山姆・威斯汀突然就掛了，沒有謀殺犯。或是他從墳墓裡爬出來，想逮住某人。」

「我完全同意你的看法，麥索瑟先生。我們得查出這十六個繼承人到底是誰，哪一個人才是威斯汀想逮住的，就像你說的。」

山迪笑得燦爛極了。他們將要按照他的方式來玩了。

⋯

「你需要廣告。」

「我需要的是我的五千美金。」

「根據我的估計，重新裝潢和登報廣告的花費差不多就是五千美金。」

「滾出這裡，出去！」

葛蕾絲瞪著胡先生那張滑順的寬臉，魔鬼似的兩撮眉毛高掛在閃爍的眼神上。她轉身走了出去。有時她懷疑那個男人——不，他不可能是謀殺犯，他今天早上連洗手臺的蟑螂都殺不了。葛蕾絲走在三樓大廳，腳步聲都被地毯吸走了。她轉頭看有沒有人跟蹤自己。沒人，但她聽到了一些聲音，從她的廚房傳來。沒什麼，不過是奧提斯．安柏在吼可洛罷了，好像跟弄丟線索有關。

「我記得線索，奧提斯。」可洛輕聲回應，內心感覺異常平靜。她今天早上才逮到機會，將自己的愛意藏到安潔拉的包包裡，就是那個大織錦肩背包，她總是抱在胸前的那個。現在她只能祈禱那個男孩會回來了。

「我也記得，但那不是重點。」奧提斯．安柏爭論：「如果被其他人發現怎麼辦？可洛？妳有沒有在聽啊，可洛？」

沒有，不過葛蕾絲．韋克斯勒正聽著。「說真的，安柏先生，你就不能找其他時間跟我的女清潔工談情說愛嗎？可洛，妳要去哪？」

可洛穿著一件黑色的破爛大衣，扣子扣到頂，頭上纏著一條黑色披巾。

「這裡冷死了。」奧提斯．安柏關上窗戶。

葛蕾絲打開窗。「我現在最不需要的就是氣爆。」她氣沖沖的說。

「轟！」他這樣回應。兩個女人嚇了超大一跳，於是這個送貨員接下來的一個禮拜，都會溜到毫無防備的人身旁大喊：「轟！」

除了喊「轟」之外，奧提斯．安柏還從購物中心來來回回送雜貨到日落塔去，跑了好幾趟。房客不只得為空蕩蕩的架子補充食物，還在訂單內加入大量的威斯汀紙業產品。「蠢蛋，遺囑說『要買威斯汀紙業的產品』，就真的買啊。」他念念有詞，抬起腳踏車籃內的笨重袋子。就連可洛都用威斯汀紙尿布擦亮銀器，用紙巾搓磨地面了。（他們的線索就是這樣不見的嗎？）可憐的可洛，她投入遊戲的程度超乎他的預期，她又變得怪怪的了。

「轟！」奧提斯．安柏對快步通過的實習醫師大喊。

「蠢蛋。」丹頓．迪爾念念有詞。

⋮

丹頓．迪爾來回踱步。「聽好了，孩子，我很想幫你，但我只是一個專攻醫美的實習醫師。如果你想要的是隆鼻或拉皮，事情就不一樣了。」他想表現得風趣，結果聽起來很殘酷。

克里斯並不是想要施捨，只是想要和實習醫師一起解謎罷了。

實習醫師只想要屬於他的五千美元。「聽說你哥建議大家共享線索，感覺是個好主意。」沒反應，也許這孩子認為我是謀殺犯。其他房客或許也有相同看法，看他們偷瞄我的樣子就知道了，那個送貨員還像那樣鬼叫。為什麼是我？我是個醫生，我發誓要救人性命，而不是奪走人命。「克里斯，我很忙，有很多病人在等我醫好他們。喔，好吧。」他撥弄自己黏膩的鼠棕色頭髮，讓它遠離自己的眼睛，（他到底什麼時候才有時間剪頭髮？）然後坐到輪椅隔壁。「線索在我的置物櫃裡，它們是什麼？西班牙的雨主要降在平原？」

「烏、為，批、平原、咕、咕、穀物、賜。」克里斯慢慢的說。為了背誦出線索，他獨自練習了一次又一次，一小時又一小時。「咕、穀物——燕麥——奧提斯・安柏。烏、為，賜——她，福、福特，福、福特住在4、4D。」

「福特，4D。這想法很棒，克里斯。」實習醫師起身。「就這樣囉？」

克里斯決定不告訴他草坪上的瘸子，至少這次還不提。只要不在支票上簽名，他的伙伴就得一而再、再而三的拜訪他。

「好啦，關於支票上的簽名……」丹頓・迪爾說。

克里斯搖搖頭，不要。

⋯⋯

安潔拉坐在大廳的長椅上刺她的繡巾，等丹頓回來。爸曾經試著教她開車，但她太膽小，爸爸又沒耐性。何必去什麼駕訓班呢？她媽說，像妳這麼美的人，永遠可以找到願意接送妳的年輕人。她當初應該要堅持的，應該要向她媽說不，說一次就夠了。現在太遲了。

席歐捧著一堆書進門。「嗨，安潔拉。嘿，我找到那句話的出處了。應該說是圖書館員找到了。就那個嘛——願上帝為你們煉金。」

「真的？」問出處的人其實是芙蘿拉．波拜克和小龜，不是她，但安潔拉認為沒必要提醒他。

多麼飽滿的嘴脣，多麼白皙的牙齒，多麼纖細又閃閃發亮的頭髮啊。席歐翻找著化學書尋找一張便條紙，上頭寫著〈美麗的美利堅〉[10]第三段歌詞：

美利堅！美利堅！
願上帝為你們煉金
直到所有成功皆成為崇高

10 美國的一首愛國歌曲。

所有成果皆成聖

席歐開始念副歌的部分，最後唱了起來。他用害羞的笑掩飾自己的愚蠢。

「我猜這跟錢或遺囑沒什麼關聯，只是山姆大叔的愛國心作祟。」

「謝謝你，席歐。」安潔拉一看到丹頓．迪爾衝出電梯，就把繡巾塞到織錦肩背包內。

「你好啊，迪爾醫師，下盤棋如何？」

「我們走吧。」實習醫師忽略席歐，自顧自的說。

山迪為這對愛侶打開前門，用口哨吹出〈美麗的美利堅〉。這位門房吹得非常好，都是因為他門牙缺損的緣故。

⋯⋯

「我不能開車載妳回家，我今晚要值班。」

「我搭計程車。」

「妳為什麼非得回醫院不可？妳那個瘋搭檔又沒有生命危險，懂我意思吧。」

「她沒瘋。」

「她編出什麼消耗病，那真是瘋狂。在那間中式餐廳爆炸前，她的腳根本沒怎樣。」

「你錯了。」

「妳先是要我順道去看看她，現在又不想聽我的意見。總之，我已經找了一個精神科醫師，也許妳該跟他談談。我從沒看過妳這麼苦惱的樣子，哪裡出錯了嗎？婚紗還沒準備好？賓客名單太長？我們結婚後妳還得處理更重要的事情。除非妳不想結婚了，是這樣嗎？」

儘管短時間內發生了一連串的狀況，安潔拉的母親還是要她戴上訂婚戒指，此刻她正轉動著它。不，她不想結婚，不想立刻結婚，但她不能說出來，不能告訴他——不能告訴他們，沒有說的餘地。丹頓會很受傷的，而她媽……訂婚啟事已經刊在報紙上了，還有結婚禮服、婚前派對……一旦發現她不是他們心中完美的安潔拉……

她在醫院走廊坐了多久？一個穿西裝的男人（精神科醫師？）走出賽德爾的房間。「妳一定就是安潔拉吧。」他說。賽德爾是怎麼向他形容她的？漂亮小妞？「聽說妳將和我們其中一位實習醫師結婚。」她要結婚了——這是她出名的原因。

「醫生，普拉斯基小姐還好嗎？」

「妳是說她有沒有發瘋嗎？沒有，她清醒的程度跟鎮上的人差不多。」

「但那個害她殘廢的病，是她編出來的嗎？」

「那又怎麼樣？那女人很孤單，想吸引人注意，所以就動了點手腳，而且很有創意。幫拐杖塗色簡直是天才之作。」

「那是正常的嗎？我的意思是，用驚嚇的方式讓別人注意妳的真實面貌，難道不是不理性的做法嗎？」

醫生拍了拍安潔拉的臉頰，彷彿當她是個小孩。「這小小的欺騙不會讓任何人受到傷害。好啦，現在妳可以去問候妳朋友了。」

「妳好，賽德爾。」

她沒化妝、沒配戴珠寶飾品，身上只穿著一件病人服，看起來變老、變柔和了，像個悲傷又樸實的人類。「妳跟醫生談過了？」

「那只是小小的骨折。」安潔拉回答。

「還有呢？」賽德爾轉頭面向牆壁。

「醫生說妳的病是不治之症，不過妳要是好好照顧自己、不要太操勞，也許還能活個五年，甚至更久。」

「他那樣說嗎？」也許世界上還是有些人可以信任。「妳有沒有帶我的化妝包來？我看起來一定糟透了。」

安潔拉翻找塞滿東西的織錦包包，在塞德爾化妝包下方發現了一封信。奇怪的信，是緊繃又僵硬的手寫字跡：

原諒我，我的女兒。上帝保佑妳，我的孩子。
妳的愛裡有喜樂，魔鬼帶走笛兒醫生。
妳已經找到我了嗎？噢，我的敵人。時間近了。

信下方貼著線索：

汝　美麗

THY BEAUTIFUL

15◆事實與流言

到了星期五，一切就恢復正常了。如果你把準繼承人為了爭奪兩億美金採取的種種可疑行動視為正常的話，那就沒什麼問題。

在學校，席歐盯著道格．胡練跑，小龜用耳機聽收音機廣播，被送到校長室兩次。

咖啡店擠滿吃晚餐的人。

胡家餐館也重新開張了，但沒人來吃飯。

荷西—喬．福特法官主持法庭，山迪．麥索瑟坐鎮大樓前門，吹口哨、閒聊、收集流言蜚語，自己也貢獻一些。

芙蘿拉．波拜克戴上黑色墨鏡遮蓋發疼的眼睛，開車送小龜去學校，然後再去證券經紀人的辦公室，接近傍晚時再去接她，然後給她一份跑馬燈上的價錢抄本。她們在五天內已經賠三千美金了。

「一丁點損失而已，」小龜說：「不算什麼。再說，這些股票不是我選的，是威斯汀先生選的。」

是嗎？裁縫師想起克里斯手中掉下的線索。沒有任何股票代號是由五個字母構成的，甚至沒有哪個代號與平原（plain）相似。不過芙蘿拉・波拜克還是保持公正，把這個祕密留給自己。

⋯

有四個人站在車道的融雪上發抖著，太陽已落到日落塔後方。第五個人慢跑就位。自從那命運的萬聖節後，煙囪就不曾再冒煙，但他們還是盯著上方的威斯汀宅，想著謀殺犯。

「他的死狀看起來太安詳了，不像被謀殺。」小龜說完打了個噴嚏，山迪遞給她威斯汀衛生紙。

「妳怎麼知道？」道格回答：「妳看過幾個被謀殺的人？」

「小龜說得對。」她的朋友山迪說：「如果威斯汀料得到有人要謀殺他，一定會預做準備，他死時的表情應該也會很驚恐才對。」

「也許他沒料到。」席歐爭論：「威斯汀說殺手非常狡猾。我在一篇推理小說讀過一個橋段：受害者對蜜蜂過敏，謀殺犯就讓蜜蜂從打開的窗戶飛進屋子裡。」

「窗戶沒開。」小龜抹著鼻子。

「再說，蜜蜂要是進來，威斯汀會聽到嗡嗡聲，從床上跳起來。」

道格有他的想法。「也許謀殺犯把蜜蜂的毒液打進他血管了。」

奧提斯．安柏在空中甩手。「有誰說過山姆．威斯汀對蜜蜂過敏嗎？」

道格又想了一個假設。「蛇毒或毒藥呢？醫生知道什麼毒物可以讓人死得像是心臟病發，他們知道很多那種玩意兒。」

小龜差點就要踢道格了，管他什麼田徑賽。她爸就是醫生，他如果說「實習醫師」她就不會在意了。

「我聽說有個謀殺犯曾經用冰柱刺殺受害者。」門房說：「冰融化後，凶器就消失了。」

「真厲害。」小龜發出讚嘆。

山迪還沒說完。「還有個羅馬人，喝到別人丟進他牛奶裡的一小片羊毛就嗆死了。還有個希臘詩人，被老鷹丟下來的烏龜砸中禿頭，也死了。」

「也許威斯汀原本只是在睡覺，後來小龜跌跌撞撞倒到他頭上，他才……」

道格暗示。

「不好笑，道格．胡。」她以前怎麼會迷上這種噁心的渾蛋？

道格不肯罷手。「我某天早上看到的可疑分子是誰？穿紅靴在停車場掀每輛車的引擎蓋。」他看著小龜的靴子。

「小偷偷走我的靴子然後又放回來了，它有破洞。」

「還真是可信啊，塔比莎—露絲。」道格拉扯她的辮子，然後全速衝向大聽。

山迪的大手按上小龜的肩膀，這是安撫她，也絆住她。

奧提斯．安柏跳上他的腳踏車。「我不能再耗下去了，討論一起根本不存在的謀殺案。山姆．威斯汀是個狂人、神經病，瘋得像床上的臭蟲。」他騎車離開，然後還回頭大喊：「我們不是謀殺犯，沒人是！」

席歐不同意。如果沒有謀殺案，遊戲就沒有解答。沒有解答，就沒有人可以獲勝。「山迪，萬聖夜那天，還有誰比小龜和道格早離開日落塔嗎？」

門房搔抓帽子底下的頭髮思考著。「每天的感覺都差不多，人來來去去的，我不記得了。」

「試著回想一下。」

山迪更用力抓頭了。「我只記得奧提斯．安柏和可洛在五點一起離開。」

「謝啦。」席歐匆忙進門，想去查看線索。

小龜沒理由去懷疑奧提斯．安柏、可洛，或其他繼承人。錢就是解答。她唯一的問題是那個蠢股市，它不想參與遊戲。「山迪，再說一個故事給我聽。」

「好，我想想。很久很久以前，有個算命師預言了自己的死期。那一天到來後，算命師等待著自己的生命畫下句點，結果怎麼等都等不到。他很意外，也很開心自己活了下來，笑啊笑的。就在十一點五十九分，他突然死了，笑死的。」

「笑死的。」小龜若有所思的重說了一遍：「很有深意呢，山迪，非常深。」

⁘

「其他人呢？」空蕩蕩的，一如往常。傑克．韋克斯勒心想，胡家餐館將只會有他這個客人了。

「如果店裡人不多的話，我想要有自己的桌子。」

「我應該可以讓你擠進來。」胡先生帶著足科醫師穿過無人的餐廳。「你上次吃肋排一定吃得很滿意吧。」

「是啊，當然了。」傑克看著他的妻子慢慢將手上的紙疊到櫃臺上。終於，她似乎注意到傑克了，朝他走了過來。傑克將還沒點的雪茄放回口袋（葛蕾絲討厭那個味道）。

「我已經吃過了。」葛蕾絲坐下。

「我正想向妳問好呢。」傑克回答。

他八成認為這很好笑。可是從什麼時候開始，太太要向丈夫打招呼問好的？

「有什麼新消息嗎，葛蕾絲？孩子們呢？咖啡桌上那堆禮物是怎樣？今天不是妳生日，也不是我們的結婚紀念日。」她在沮喪什麼？「難道是嗎？」

「不，不是，禮物是要給安潔拉的，明天就是婚前派對了。別擔心，你不用去，只有女孩子會參加。門鈴響了一整個早上，我連離開公寓一瞬間都不行。那個嘻皮笑臉的蠢蛋一次只送一件東西來，每送一次就喊一次『轟！』」

她今天看起來特別有魅力，傑克心想。她在門鈴響和「轟」的空檔，還擠出時間去了美容院，做了人工日晒。

胡先生將肋排放到桌上，自己也坐下了。

葛蕾絲的陰沉表情消失了。「傑克，既然你來了，我想問你的意見。我要做一個宣傳活動，詹姆斯和我有點意見分歧，就是胡家餐館這名字對英語母語者來說沒有特色，聽起來跟其他中式餐廳沒差別。」

英語母語者？傑克咬住嘴脣，努力保持沉默。

「我說這家餐廳需要取一個大家不會忘記的名字。」葛蕾絲接著說：「例如『胡在一壘』。」

傑克忍不住了，他試圖用更大的咳嗽聲蓋掉他的響亮大笑。胡先生猛拍他的背，然後為他的薑太嗆而道歉。

「傑克，你記得那個老棒球喜劇吧？」葛蕾絲提醒他。

是的，他記得。「誰在二壘？不，是什麼在二壘，誰在一壘[11]。」

「真是個蠢名字。」胡先生爭論：「『胡在一壘』會讓人以為我的餐廳在一街或一樓。那樣就更糟了，客人最後都會跑到咖啡店喝洗碗水泡的茶。」

「按照我的方式宣傳，他們就不會去。」葛蕾絲很堅持。「呃，傑克，你覺得呢？」

足科醫師放下他準備要啃的肋排。「胡在一壘是個好名字。」

他還來不及再次拿起肋排，胡先生就咻的將盤子端離桌面了。「是誰選你當裁判的？亂來。」

⁝

法官帶著報社檔案庫取得的剪報回到日落塔，忠實的山迪等著她。

喬治．席歐多拉基斯和詹姆斯．信．胡都是他們想要問話的對象，於是他們輪流向兩家餐廳點餐。一天晚上他們請樓下送餐，隔天又請樓上送餐。令他們失望的是，送餐上來的人是席歐。他們沒有想問他的問題，不過席歐倒是問了門房一個問題。

「西洋棋？」山迪回答：「抱歉，我不懂，不過我可是玩撲克牌的高手，大家都叫我『射手』。」

席歐離開了，讓他們吃他們的三明治，忙他們的。

法官雇用的私家偵探仍在調查所有繼承人，因此今晚的研究對象是威斯汀家族。

福特法官打開威斯汀太太薄薄的檔案夾。威斯汀太太——沒有名，沒有原姓。她見報的照片只有少少幾張，每次都跟丈夫一起出現。照片注解：山姆．溫．威斯汀與其妻。一個虛幻的存在，害羞的女性。她似乎總在快門響起前溜到丈夫後方，或用下垂的帽沿遮住自己的臉。她身材苗條，打扮符合當時的流行：長而寬鬆的上衣，窄窄的尖頭高跟鞋。個性容易緊張，雙手在照片中往往是一片

11　英文的胡與誰（who）同音。

模糊，尤其是拍攝時間離現在較近的那些。最後一張照片中，她的臉上蓋著黑紗，似乎腳步不穩的倚靠著她丈夫健壯的身體，和他一同離開墓地。

山迪報告他的發現：「詹姆斯．胡從來沒見過威斯汀太太，芙蘿拉也沒有。她說是薇歐莉特的未婚夫帶她去店裡試裝的，還說新郎在婚禮前看新娘穿禮服會觸霉頭，我看她說得沒錯。嗯，就這樣了。除了我之外，沒有其他人承認他們認識威斯汀太太。」

「麥索瑟先生，你認識她？」法官問。

「呃，不算認識，不過我見過她一、兩次。」根據門房的形容，威斯汀太太是個金髮、豐唇的女性，算瘦，但身材姣好。「我會想起她嘴脣厚厚的，主要是因為她這裡有顆痣。」他指著自己的右嘴角。

福特法官不記得她有痣，只記得她銅色的頭髮和薄脣，但那是很久以前的事了。而且，嗯……威斯汀太太是白人，非常白。

接著是威斯汀的女兒。法官盯著報紙頭條的照片：

薇歐莉特．威斯汀將與議員共結連理

那個議員原來是個州議員，只關心自身前途的政客，現在進了監獄，收賄關五年。不過芙蘿拉．波拜克說得對，薇歐莉特．威斯汀和安潔拉．韋克斯勒確實長得很像。而那是喬治．席歐多拉基斯，很好，他和她在社交界的剪報上跳著舞。

「法官，這到底代表什麼？」山迪問，透過髒兮兮的眼鏡鏡片，瞇眼盯著那些照片。「安潔拉看起來像威斯汀的女兒，而席歐看起來像他爸，也就是薇歐莉特．威斯汀真正想嫁的對象。」

「你怎麼知道這件事？」

山迪聳聳肩：「當時風聲是那樣傳的，大家說威斯汀的女兒寧願自殺也不要嫁給不正派的政客……」

現在法官想起來了，她媽寫的信當中曾經提到這齣悲劇。「麥索瑟先生，你似乎知道這棟樓的大小事，請告訴我：安潔拉．韋克斯勒和席歐是不是一對？」

「喔，不是。」山迪很肯定。「安潔拉和那個實習醫師似乎處得很好，至少我希望他們很穩定。妳想想，山姆．威斯汀如果希望慘劇重演，安潔拉．韋克斯勒就會丟掉性命了。」

16◆第三顆炸彈

「砰！」

葛蕾絲．韋克斯勒當著蠢送貨員的面甩上門，帶著包裹粉紅色緞帶的禮物回到派對上。不斷聊八卦的客人們，正啜飲著用威斯汀派對紙杯裝的茉莉花茶，小口咬著威斯汀派對紙盤上的雅致食物，然後用威斯汀派對紙巾擦手紙。胡太太穿著開衩開到大腿的緊身絲質旗袍，那種服裝就像纏足一樣過時又缺乏實用性。現代中國的女人都穿襯衫、褲子、外套，她回家後就會這麼穿。

葛蕾絲拍手吸引大家注意。「小姐，各位小姐！準新娘拆禮物的時間到了。安潔拉，妳坐這，其他人過來。」

安潔拉照做，她坐到地板上的一個坐墊，被一圈圈禮物和依稀有印象的臉孔包圍。她沒邀請大學交到的少數朋友過來，她們都非常熱中於工作，對這種活動不會感興趣。在場的都是她媽的朋友，以及那些朋友的新婚女兒——和小龜，她靠牆站著，雙手盤在胸前擠出刻意的笑容。小龜真幸運，被晾在一旁。

安潔拉打開黃色緞帶禮物盒附的卡片，葛蕾絲便下令：「親愛的，大聲念出來。」

給卡在廚房裡的準新娘：

這是蘆筍料理鍋，附上許多好運。

來自曲奇．巴史普林格

「謝謝。」安潔拉說，不知道哪一位才是巴史普林格。

下一件禮物是煮蛋器。

粉紅緞帶禮物盒裡裝著另一個蘆筍料理鍋。

「我敢說迪爾醫生一定很愛吃蘆筍。」某人評論。送禮的人說她可以拿回去換成別的，不過放兩個在手邊也很方便。「醫生太太常常得煮飯款待客人。」

安潔拉瞄了一眼手錶，將手伸向金色箔紙包起來的、高高窄窄的紙盒。

「妳們看，安潔拉的手抖成那樣，緊張得像個新郎呢。」咯咯笑聲傳來。

「準新娘恐慌症。」更多咯咯笑聲。

安潔拉緩慢的解開金色緞帶，小心翼翼的拆開金色箔紙。她的手法多巧妙啊。好個完美的女兒，不像小龜，她總是撕破包裝紙，等不及要看裡頭有什麼。

「快點，安潔拉，妳慢得像烏龜一樣。」小龜出聲抱怨，突然間跑到她身邊，蹲下來偷看蓋子下方。

「走開！」安潔拉大喊，將禮物一把抱起甩離妹妹，這時禮物的蓋子炸開了，發出駭人的「砰」一聲。砰！砰！接著是一連串快速的霹靂啪啦。煙火射出，火球爆發，彗星尖嘯，火花茲茲響。二十幾張裱框的花卉複製畫從牆上掉了下來。

接著一切都結束了。尖叫減弱成哀號，發抖的客人有的從桌子底下爬出來，有的從衣櫃往外窺視。

「有人受傷嗎？」葛蕾絲．韋克斯勒緊張的問。感謝關心，大家都沒事，只是被嚇到折壽了十年。「安潔拉在哪？」

安潔拉仍坐在地板中央的坐墊上。燒焦的盒子化為碎片，被灼傷的雙手捧著。血從她臉頰湧出，沿著她美麗的臉蛋往下流淌。

⋮

繼承人，小心了。山姆．威斯汀曾經如此警告，他們應該要聽進去的，現在說什麼都太遲了。

有涉案嫌疑的繼承人聚集在大廳，圍繞著一名警監，他是福特法官找來的。大家心想，這些人當中有一個謀殺犯、一個炸彈客、一個小偷。但到底是誰呢？還是說，所有事情都是同一個人幹的？

「好個遊戲。」胡先生念念有詞，拆開一條巧克力。一處潰瘍還不夠，山姆．威斯汀非得多給他三處。「好個遊戲，活到最後的就是贏家。」

（這下我們有一個特別可疑的嫌犯了，奧提斯．安柏心想。發明家胡先生，憤怒狂人胡先生。）

「活到最後的就是贏家。」芙蘿拉．波拜克複述了一遍。「喔，天啊，這句話真可怕。」

（不能相信那個裁縫師，胡先生心想，她在這種時候怎麼還能笑成那樣？）

警監完全幫不了他們。「拆彈小隊和竊案組都沒有掌握到充分證據，沒辦法搜索公寓。」他解釋。

「這就是你所謂的正義？」山迪問。

（好心的山迪不可能是凶手。前兩顆炸彈爆炸和法官的錶遭竊時，他都不在大樓內，傑克．韋克斯勒心想。另一方面，他對山姆．威斯汀的恨是千真萬確的。）

「是的，麥索瑟先生，這就是我所謂的正義。」

（雖然線索指向法官，但事情不是她做的，克里斯心想。除非她是黑豹黨成員偽裝的。）

「那不是瓦斯氣爆，是炸彈對吧？」席歐推了警監一把。

（那個席歐，真是個乖孩子，道格拉斯也是，芙蘿拉．波拜克心想。不過她看電視訪問時，太常看到凶手的鄰居做出類似的發言了：「真不敢相信他殺了十三個人，他很乖很乖呀。」喔天啊，喔天啊，我怎麼會這樣想？）

警監不願稱之為炸彈。「比較像是小朋友惡作劇。」他說。

（小朋友惡作劇！那臭小鬼什麼都幹得出來。）

道格拉斯．胡冷笑著，小龜對他吐舌頭。

「魔鬼的邪惡招數。」可洛喃喃自語，她受神眷顧的安潔拉差點就要遇害了呀。

「可洛有可能是凶手，她讓地獄之火降臨在我們所有人身上。」席歐對克里斯說悄悄話：「不過前兩顆炸彈爆炸時，她不在大樓裡。」

「在，她、她在。」

「不，她不在。」

警監如此描述所謂的炸彈：「只是一些鞭炮，放在上方沒封住的長罐子裡，被一根短短的條紋蠟燭點燃了而已。緞帶八成蓋住了盒子上的氣孔，那位年輕小姐如果沒傾斜盒子，讓開口對著自己，根本不會有人受傷。」

「定時炸彈。」葛蕾絲．韋克斯勒說，並瞪著送禮物過來的那個人。

（不快樂的女人，自詡為女繼承人，法官心想。內心不滿足，也許到了失常的地步。偷竊這種事她幹得出來，但放炸彈就沒辦法了，她不會傷害自己的女兒——至少不會傷害安潔拉。）

「別那樣看我。」奧提斯．安柏對韋克斯勒太太大吼：「我身上沒有條紋蠟燭，也沒有鞭炮。」

（那個白痴嫌疑最大，葛蕾絲心想，但咖啡店爆炸的時候他不在。）

「喔、喔、喔葛，啊、啊。」這刺激對克里斯．席歐多拉基斯來說太強烈了。

（沒人懷疑他可能犯案，當然了，安潔拉也沒被懷疑。）

奧提斯．安柏不確定他們是不是真的無辜。「靜水流深。」他說：「呵呵呵。」

就算他沒說錯，小龜也不會對他善罷干休的。

「奧提斯．安柏走路跛腳。」克里斯隔天記下這件事。

⋯⋯

她的家人不斷安撫：「妳不會有事的，安潔拉，不會有事的。」隔壁病床的巨大鼾聲是賽德爾．普拉斯基發出來的，她在裝睡。

「我還是想不起來。」安潔拉嘟噥著，臉頰上的繃帶令她難以說話。她的臉很痛，手也很痛——非常痛。

「創傷性失憶。」傑克．韋克斯勒說：「碰上突發意外時會發生。別擔心，安潔拉寶貝，妳不會有事的。」

「妳不會有事的，安潔拉，不會有事的。」葛蕾絲消沉的說：「我明天會再來。走吧，小龜。」

「等我一下。」小龜等到門關上，才觸碰姊姊那裹著繃帶的手。「謝啦。」

「謝我什麼？」

賽德爾又發出了一個鼾聲。

「謝謝妳就是了。如果妳沒把盒子往自己的方向傾斜，鞭炮就會在我臉上爆開。喏，我把妳的織錦肩背包帶來了，我沒有看妳的筆記或線索，我說真的。」不過她取走了犯罪證據。

「小龜，跟我說真話，我的傷勢有多嚴重？」

「醫生從妳手上挑出了一些玻璃碎片，不過傷口不用縫合，燒傷會順利癒合的。」

「我的臉呢？」

「會留下一些疤，但不會太嚴重，安潔拉。再說，妳總是說漂不漂亮不重要，一個人的本質才是最重要的。」

安潔拉思考了一下，也許她錯了，也許美貌很重要，也許她瘋了，她一定是瘋了。

「別擔心，妳還是會很美的。」小龜說：「不過呢，哇，妳這招真的很蠢呢。」

賽德爾．普拉斯基驚訝的瞪大眼睛，然後又連忙緊緊閉上，發出一個巨大的鼾聲。哇，誰會知道呢？她甜美、聖潔的搭檔竟然是炸彈客。太讚了！

17 ♦ 一些解答

星期一是個灰濛濛的雨天，令人抑鬱。股票市場也是，又跌了六個百分點。小龜變得神經兮兮的。

所有繼承人也都神經緊張，他們向拆彈小隊報了好幾次案，要他們來檢查可疑包裹。其中一個包裹原來是封起來的吸塵器集塵袋，裡面裝滿灰塵，被可洛放在焚化爐門後。令一個是寄給韋克斯勒太太的盒子，裡頭裝著夾心軟糖（她的最愛）和一張紙條：獻上我的愛和吻，傑克。

「『怎麼會』是什麼意思？我不能寄糖果給我的老婆嗎？還要接受盤查？我認為妳算瘦好嗎？」

葛蕾絲要他吃第一塊。

隔天，葛蕾絲收到更大的盒子，而拆彈小隊在裡頭發現了十二朵長莖玫瑰和一張紙條：不為什麼，就為了愛，傑克。

後來小龜在大廳追著搭檔跑，喊著：「波拜克（BAUM-bach）太太、波拜克太太！」結果拆彈小隊又被叫來了，有人以為她大喊：「炸彈（Bomb）！炸彈！」

沉悶的風在潮溼的星期二呼號著。股市在早上漲了三個百分點。「看漲。」芙蘿拉．波拜克說。股市在下午跌了五個百分點。「看跌。」芙蘿拉．波拜克說。這是她唯一學會的兩個股票交易用語。

胡太太的學習速度比裁縫師快，學到的字比她多：搭檔、錢、房子、樹、路、鍋、平底鍋、OK、足球、好、雨、肋排。她的老師傑克．韋克斯勒，每天在中式餐廳坐下享用中餐前都會進廚房拜訪她。今天他的妻子和詹姆斯．胡同意和餐廳裡的唯一客人——也就是他一起用餐，條件是他要幫忙解開線索之謎，獲勝後也不分走任何遺產。

葛蕾絲將他們手上的五個字放到桌上。

「這些是線索？」傑克低頭看著「**紫波給結果海**」，然後將其中兩張威斯汀超強力紙巾對調。「**紫果比較說得通，可能是葡萄或李子**（**plum**）？」

葛蕾絲正想堅稱「**紫波**」才是正確的，但李子這個字令她想起了一件事。

「李子。」她大聲說：「**普拉姆**（**Plum**），那個律師不是叫普拉姆嗎？」

「妳說對了，葛蕾絲。」胡先生激動的說：「妳說得一點也沒錯。」他將「果」這個字撕成兩半：**田**／**木**（**fruit/ed**）。「**木紫果**。**愛德**．**普拉姆**！」

「我們成功了，成功了！」葛蕾絲大叫，跳起來擁抱自己的搭檔。

「律師這種人，我從來就不相信。」胡先生歡天喜地的大吼。

「那其他線索呢？**給**、**海**、**波**？」傑克問，不過正開心擁抱、跳舞、慶賀的二人組沒聽到他說話。

「**轟**！」胡太太說，然後將一盤肋排放到桌上。她從奧提斯．安柏那裡學來的。

⋮

山迪為自己買來的筆記本感到自豪。封面亮亮的，上頭還有禿鷹在飛行的照片（算是挺恰當的，他向法官解釋，跟山姆大叔很搭）。私家偵探每天都會寄送報告到福特法官的辦公室，而他從中篩選資訊，然後痛苦萬分的抄到筆記上頭：出生證明、死亡通知、結婚證書、駕照、車禍報告、犯罪紀錄、就醫紀錄、學校紀錄。門房還會加上自己探聽來的消息。

「我請的偵探碰上了難關，威斯汀鎮的某些資料算不上是公開紀錄，他弄不到手。」法官說：「我們得先將威斯汀放一旁，從繼承人開始查起。」

「既然我們在吃荸薺燒雞，」山迪說：「那我就從胡家開始報告吧。」（道格剛才送餐下來。）他大聲念出筆記上的內容：

◎胡家

詹姆斯‧信‧胡。本名詹姆斯‧胡，芝加哥出生。年齡：五十。進入餐廳業時取了個中間名「信」，因為這樣聽起來比較有中國味。第一任妻子五年前死於癌症，去年再婚，育有一子道格拉斯。

桑林‧胡：二十八歲，中國出生，兩年前經香港移民到美國。有八卦指出詹姆斯‧胡娶她是為了她家傳的百年醬油。

道格拉斯‧胡（大家叫他道格）：十八歲，高中田徑明星，週六的田徑賽將對上大學選手。

跟威斯汀的關聯：胡先生曾控告山姆‧威斯汀仿冒他發明的紙尿布，但這個案件從來不曾開庭（因為威斯汀消失了）。去年他與公司達成和解，收了兩萬五千美金，但他認為自己被騙了。

最新發明：紙製鞋墊。

「這紙製鞋墊的發明也有我的功勞呢。」山迪吹噓：「我的腳痛死了，因為一天到晚站在門邊。後來我就對詹姆斯說：『詹姆斯，要是有人能發明好踩的鞋墊該有多好，泡棉製的太占空間了。他當然就去發明了。很好穿，我鞋底現在就墊著，妳要看看嗎？』」

「不用了，謝謝。」法官正在吃飯。

⋯

席歐在光線昏暗的桌燈下寫完作業，時間已過午夜。風仍在呼嘯，他仍在為某件事（某個字？某個詞？）感到困惑。這陣子學校一直在教**化學式**（**solutions**）。對呀！就是化學式，遺囑上說**解答**（**solution**）很單純，這點他很確定。

席歐將**給**（**for**）和**汝**（**thee**）改成數字**四**（**four**）和三（**three**）後，線索就能拼出一個化學式了。（它到底是不是真正存在的化學式，是不是威斯汀遊戲的解答，又是另外一回事了。）

N 他的（H） 給 不 汝 (TO) = NH^4NO^3

N H (IS) FOR NO THEE (TO) = NH^4NO^3

不過這樣還剩下四個字母：**isto**、**osit**、**itso**、**otis**。**奧提斯**（**OTIS**）！他辦到了，他用線索拼湊出爆裂物的化學式，以及謀殺犯的名字了！他得快點告訴道格才行。

「你要、要、要去？」

「噓！」席歐幫隔壁床上睡眼惺忪的弟弟蓋好被子，奮力套上不太合身的浴袍，躡手躡腳走出房間時還絆到輪椅。

電梯會發出很多吵雜的聲音，走樓梯吧。水泥冰冷，他忘了穿拖鞋。有兩道沒掛門牌的門，是哪一道？叩，叩，叩。有人發出嘟噥拖著腳步走來了。來的人千萬要是道格，不能是胡先生或福特法官啊。

結果應門的是可洛，她瘦巴巴的身子披著一件罩袍，未綁起的長髮鬆垮的散開。她迷濛的雙眼正試著聚焦在來訪者的震驚表情上。「席歐！席歐！風聲，我聽到了風聲，我知道你會來。」

「我？」

這位女清潔工抓住他的手，帶他進入她位於4C和4D之間的公寓，然後關上門。「我們都有原罪，但我們還是會獲得拯救。為我們的解脫祈禱吧，接下來你得去找你的天使，帶她離開。」

席歐發現自己跪在正在祈禱的可洛身邊，地板上什麼也沒鋪，他一定是在做夢。

「阿門。」

18 ♦ 追蹤者

幫小龜綁辮子的任務，現在都落到芙蘿拉．波拜克身上了。她有時候綁三辮，有時候四辮，有時還幫小龜加上緞帶。等待的期間，小龜就讀《華爾街日報》。

「聽好囉：『威斯汀紙業新科董事長朱利安．R．伊斯曼，日前在倫敦與歐洲區管理階層開會，並宣布所有部門的營收皆有望在下一季翻倍。』」

「太棒了。」芙蘿拉．波拜克說，但其實一個字也聽不懂。

小龜對她下達今日指令：「仔細聽好了，妳一進股票經紀人的辦公室，就幫我賣AMO、SEA、MT，然後拿所有的錢去買WPP，好嗎？」

喔，天啊！也就是說，她要賣掉線索提及的每一支股票，然後買更多威斯汀紙業的股票——儘管她們已經損失好幾千美元了。「隨便妳囉，愛麗絲，妳比較聰明。」

芙蘿拉．波拜克的動作很溫柔，從來不會趕著要綁完，或扯到沒梳進辮子裡的頭髮。芙蘿拉．波拜克愛她，她感覺得到。「我喜歡妳叫我愛麗絲。」小龜說：「不過我最好不要再叫妳波拜克太太了，因為之前那個炸彈騷動，懂我意思吧。」叫她芙蘿拉又很怪。「也許我可以叫妳波波太太？」

「何不叫我波波就好？」

這正是小龜（愛麗絲）想聽的回應。「波波，妳女兒羅莎莉也是個聰明的孩子嗎？」

「唉唷，不聰明。妳是我見過最聰明的小孩，如假包換的商人。」

小龜埋在《華爾街日報》下的臉露出喜色。「我敢說羅莎莉會的是烤麵包、做拼布之類的蠢事。」

裁縫師正將一條紅色緞帶編進小龜的四股辮裡，聽到她那番話，原本堅定的動作突然亂掉了。「羅莎莉是個特別的孩子，她最和善、最可愛了……」

小龜將報紙揉成一團。「我們走吧，我上學要遲到了，而妳有一筆大交易要進行。」

「但我還沒綁好緞帶。」

「沒關係，我喜歡它們垂下來的感覺。」小龜好想狠狠的踹人，踹誰都好。

……

她們離開時，山迪並沒有守在大門口。他人在4D公寓內，於愛國心濃厚的筆記本上彙整下一個繼承人的情報：

◎波拜克

芙蘿拉・波拜克。原名：芙蘿拉・米勒。

年齡：六十。裁縫師。丈夫於幾年前辭世，沒留下任何遺產。她曾有個智能障礙的女兒羅莎莉，唐氏症患者。羅莎莉去年死於肺炎，得年十九歲。芙蘿拉在那之後賣掉新娘禮服店，最近大多數時間都待在證券交易所。

跟威斯汀的關聯：曾幫薇歐莉特・威斯汀製作了結婚禮服，但這位顧客沒機會穿上。

山迪翻到新的一頁，腳翹到法官桌上，開始讀私家偵探提供的奧提斯・安柏相關情報。他笑到差點從傾斜的椅子上倒地。

⋯

昨晚的夢在席歐腦海中揮之不去。他跟在搭檔身後慢跑到高中，跑到一半上氣不接下氣的喊：「停！」

道格．胡停了。

「誰住在你家隔壁公寓？」

「可洛，幹麼問這個？」

「沒事。」他怎麼會不知道？因為從來沒人好奇女清潔工住在哪裡，原因就在這裡。但他跟那些人不一樣，對吧？那一定是個夢。在那個夢……那個惡夢中，可洛給了他一封信，不過他今天早上在浴袍口袋中，只找到了威斯汀紙手帕。

「嘿，等等！」道格又開始跑了。「我解開我們的線索了，硝酸銨——用來製作肥料、爆裂物、火箭推進劑的化合物。」

「我知道那些線索只是一堆肥料。」道格回答，毫不費力的慢跑著。對他來說只有一件事重要，那就是星期六的田徑大會。只要他拿下勝利或跑進前兩名，運動員獎學金就任他挑了。他不需要遺產。

HR	1000$42½	WPP	5000$39¼	BRY	27	TA	5$17¼	Z	5000$27¼	WPP	5000$39½

「你停下來聽我說。」席歐抓住道格的肩膀，將他固定在地上。「不管你喜不喜歡，我們都是搭擋，你得做你份內的事。」

「當然了。」道格回答。他爸火大，他的搭檔也火大，還有個炸彈客要一層、一層的炸掉日落塔。好個遊戲！「你要我做什麼？」

「跟蹤奧提斯・安柏。」

…

芙蘿拉・波拜克仰頭滴了眼藥水，然後眨眨眼，再回頭去看跑馬燈。

「喔，天啊！」威斯汀紙業漲了四點二五個百分點，不對，是四點五個百分點。一定是眼藥水害她眼花了。這位裁縫師坐到椅子邊緣，啃著指甲，等待WPP三個字再度出現。來了，WWP$40。喔，天啊，喔，天啊！今天她買股票時股價是三十五元。又來了，WPP$40¼。喔，天啊，喔，天啊，喔，天啊！

…

下課後，道格．胡沒在室內跑道練跑，而是跑出體育館，到了六條街外的購物中心。奧提斯．安柏在這，正將兩個蛋糕盒放到腳踏車籃內。他到肉販那裡收了一個包裹，然後騎車離去，沒注意到有個穿運動服的人在半條街外慢跑跟著自己。他進了日落塔，開始送貨。

「你好啊，道格。星期六的田徑賽，你會跑出一英哩低於四分鐘的成績嗎？」門房問。

「我當然希望。山迪，幫我一個忙好嗎？奧提斯．安柏出來之後大聲吹個口哨。」

缺牙的山迪在奧提斯．安柏出門時吹了一個超響亮的口哨，要不是奧提斯的飛行員頭盔蓋著他的耳朵，他早就聾了。

奧提斯．安柏將腳踏車留在停車場，搭上一輛公車。道格跑了五公里上坡路來到一戶人家，門口掛著一個小門牌：E．J．普拉姆律師。接著道格又跑了三公里上坡路，隨著搭公車的送貨員來到醫院入口。

道格一屁股坐到等待室的椅子上，用運動衫擦擦臉，拿起一本雜誌，看摺頁海報看到入迷，差點錯過奧提斯．安柏離開的那一刻——送貨員逃命似的衝出醫院。

道格躲在停車場的車子後方，目送送貨員搭上另一輛公車，然後跟著跑了陡峭的幾公里路程，來到證券經紀人的辦公室（怎麼所有的路都是上坡啊？），然後從那裡跑到高中去，再從高中（總算是下坡了）跑回日落塔。

累壞的田徑明星靠在大樓旁，慶幸的想：還好我不是長跑者。

「找到你了！」奧提斯．安柏乾瘦的手指戳了道格肋骨一下。「呵，呵，呵。」他咯咯笑，向驚魂未定的跑者遞出一封信：「普拉姆律師給你的，他說所有繼承人禮拜六晚上都得前往威斯汀宅。在這簽名。」

他用最後一丁點力氣在簽收單上簽下道格．胡，然後沿著牆壁往下滑，筋疲力竭的蹲著。好個跑者。他的腳起水泡了，肌肉痠痛、呼吸困難，這輩子也許跑不了半步了。

⁝

福特法官一收到威斯汀宅聚會通知，就取消剩下的行程趕回家中。時間剩下不多了。

山迪為她念出筆記的內容：

◎安柏

奧提斯·喬瑟夫·安柏。年齡：六十二。送貨員，小學四年級休學，智商五十，住在葛林雜貨店地下室。單身漢，所有親戚皆已離世。

跟威斯汀的關聯：為愛德加·簡寧斯·普拉姆律師送信，兩次。

「如果是我，我會猜奧提斯的智商是負十。」山迪微笑著說。

「繼續念下一個。」法官回答。

◎迪爾

丹頓·迪爾。年齡：二十五。華盛頓大學醫學院畢業，實習醫生第一年，醫美領域。父母住在拉辛（非繼承人）。

跟威斯汀的關聯：與安潔拉·韋克斯勒訂婚（見韋克斯勒家），後者外貌神似山姆·威斯汀之女薇歐莉特·威斯汀。薇歐莉特也曾訂婚，但對象是政治家，不是實習醫師。

「我知道我寫得很複雜，亂七八糟的。」門房道歉：「但我盡力了。」

◎普拉斯基

賽德爾．普拉斯基。年齡：五十。教育程度：高中畢業，讀了一年祕書學校。舒茲臘腸公司總裁祕書，目前正在過她二十五年來第一個長假（累積的休假長達半年）。搬到日落塔前和守寡的母親和兩個阿姨同住。在第二次爆炸案中受傷，腳踝骨折，在那之前就開始撐拐杖走路了。她現在需要兩根拐杖。（她會幫它們上色！）

跟威斯汀的關聯：？

「我們並沒有掌握到任何肌肉疾病的就醫報告。」山迪報告：「舒茲臘腸公司的護士說她請長假前身體非常健康。」

「怪了。」法官評論。可疑的疾病，跟威斯汀沒有顯著的交誼，跟其他人放在一起，賽德爾．普拉斯基就是顯得格格不入。

⋯

賽德爾．普拉斯基將翻譯過的筆記緊抱在胸前。「這是我的小祕密，絕對不能偷看。」她故作靦腆的說，不過醫生們是要來看安潔拉的。

整形科醫師鬆開她臉頰上的膠帶，瞄了一眼紗布下方。「移植一次應該就夠了，但我們得等到組織癒合才能動刀。」他先是對實習醫師說，再對病人說：「兩個月內打電話給我的祕書，跟我約時間。」

他大搖大擺走出房間，留下丹頓．迪爾幫她換繃帶。

「我不想動整形手術。」安潔拉口齒不清的說，她現在說話還是會痛。

「沒什麼好怕的，他是臉部重建的權威，所以我才找他來。」

「婚禮得延期了。」

「我們可以辦一個非正式的小型婚禮。」

「媽不會想要的。」

「妳呢，安潔拉，妳想要什麼？」他知道她的沉默代表「我不知道」。

門被甩開，砸到了旁邊的牆上。「妳在做什麼？」丹頓抓住她辮子中一條飛舞的緞帶，將她拉住。「牌子上面寫著『謝絕訪客』。」

「我不是訪客，我是她妹妹。不要碰我的頭髮，你的手都是細菌！」

丹頓．迪爾連忙去找醫藥箱來醫治自己流血的小腿，還叫該樓最壯的男護士去處理小龜。奧提斯．安柏稍早偷偷溜到某個手持樣本托盤的護士旁喊了一聲「轟！」，之後就是被這個男護士追出醫院的。

小龜只來得及問一個問題。「安潔拉，妳這次在簽收單的『職位』欄填什麼？」

「人。」

「我改成了『受害者』。」賽德爾說。

小龜沒在管那個受害者，她對進入房間的兩個男人比較感興趣：一個魁梧的男護士，和那個卑鄙的普拉姆律師。「我得走了。安潔拉，別對任何人說任何事，不管發生什麼事，連律師也別說。妳什麼都不知道，聽到了嗎？妳不知道！」她繞過普拉姆，從男護士伸出的毛茸茸雙手下方鑽過，溜到走廊，蹦跳下樓，離開了醫院。

「嗨，妳好嗎？」普拉姆對安潔拉微笑，忽略其他床的病患。普拉斯基小姐沒帶著她的塗色拐杖，因此他認不出她。「我聽說妳出意外的事了，真是遺憾。是奧提斯．安柏告訴我的，我想說要來看看妳，聊個天。」

年輕律師對這個美麗的女繼承人一見鍾情，但沒有機會和她說話。葛蕾絲．韋克斯勒一進門就看到線索的解答：謀殺犯愛德．紫果站在她女兒身旁。她發出了令人血液凝結的尖叫。

一天來了三個訪客！第一個是奧提斯．安柏，帶了一封信和另一張簽收單給他。克里斯假裝被他的「轟！」嚇到，但他根本沒有，是興奮使他的身體抽了一下。他又可以去威斯汀宅了，儘管他還沒解開線索。

接著芙蘿拉．波拜克來看他了，他跟這位好心的小姐相處起來一點也不緊張。她用那麼古怪的方式笑，是因為她的內心很悲傷。她曾經有個女兒叫羅莎莉，她形容這女兒坐在店內向客人打招呼的樣子，還有她摸布料的樣子。波拜克太太做的是結婚禮服，禮服大多是白色的，但她會買各種亮色、花紋各異的布料樣品回來，因為羅莎莉最喜歡有顏色的布。羅莎莉死前收集了五百七十三種不同的樣品布。波拜克太太說事情要是往不同的方向發展，她搞不好會成為藝術家。

如果事情往不同的方向發展，我會怎樣呢？第三個訪客來了。跛腳！他的伙伴跛腳了！他興奮過度，愚蠢的身體又開始抽搐了。

丹頓．迪爾坐到輪椅旁邊。「放輕鬆，克里斯，冷靜下來吧孩子。我不是黑湖裡的怪物，懂我意思吧。」

他的伙伴是個醫生，但也會看電視上的恐怖電影。他的手腳慢慢放鬆，舒解開了。他結結巴巴的報告消息：芙蘿拉．波拜克看到他們掉下來的線索很愧疚，所以對他透露了她們的其中一個線索：**山**。

「但我們不、不可以告、告訴小、小龜。」

「別擔心。」實習醫師說，然後讓他看瘀青的小腿。

克里斯笑了，笑一笑又停下來說：「抱、抱歉。」

「山，嗯……」丹頓．迪爾思考了一下新線索：「如果寶藏是藏在山區高原的穀倉裡，我一定沒有時間去找的。你呢？」

「唔、唔、沒有。」

「我們別管線索了，我有件重要的事情要告訴你，聽了別太激動好嗎？」

克里斯點點頭。他的伙伴要討錢了。

丹頓．迪爾站了起來。「我去拿你的牙刷和睡衣，然後我們就去醫院。別太激動喔。」

克里斯激動了起來，他該怎麼解釋呢？他想要的是搭檔的陪伴，不是更多醫生對他東插西戳，然後向他媽報告壞消息，弄哭她。

「聽好了，克里斯，你在聽嗎？過一夜而已。我找到一個神經內科醫師，就是治神經的醫生，他專門研究你這種病。」

「開、開、凹？」

「不是開刀。你聽懂了嗎，克里斯？沒要開刀。那個醫生認為有一種新藥可能會對你有幫助，但他得先幫你檢查，做一些測試。我已經取得你爸媽同意了，但在我們……在你和我談好之前，沒有人會動你，我保證。」

克里斯擠眉弄眼試圖微笑。他的伙伴說要和他談事情，他們兩個一起談。他們現在是真正的搭檔了。「你、你、可以拿你的錢、錢了。」

「什麼？喔，錢啊，晚點再說吧。來，那個給我，在醫院用不到的。」克里斯緊抓著望遠鏡。「好吧，我猜你用得到。準備好了嗎？上路囉！」

他突然就在離開日落塔的路上了。跛腳的搭檔推著他的輪椅前進，迪爾醫生宣稱他是醫生，但也許他不是。克里斯想，也許他被綁架了，這個歹徒會向他爸媽勒索。也許他被當成人質了。喔，天啊，他已經好幾年沒有這麼開心了。

19 ◆ 古怪的親戚

星期四是晴朗、愉快的一天，秋天的空氣清爽又澄澈，但沒有半個繼承人注意到。

WPP閃過跑馬燈了，$44……$44?……$46。每股四十六美元！喔，天啊！（「波波，我給妳指示前不能賣。」愛麗絲——小龜交代過。）波波，裁縫師為她的新名字露出微笑，放鬆的往椅背上一靠。不過沒靠多久，WPP$48¼。喔，天啊，喔，天啊！芙蘿拉．波拜克咬著大拇指指甲，咬到都見肉了。要是那孩子在就好了。

那孩子正在接受學校護理師的檢查，因為她又用耳機聽廣播被逮到。小龜把她的行為脫序怪到牙痛上。「我只能聽音樂舒緩那種恐怖的痛。」

「妳應該要去看牙醫。」護理師說。

「我已經掛號了，下禮拜要去看。」小龜說謊：「我可以回家了嗎？我真的痛到受不了。」

「不行。」護理師用嘗起來像已經爛掉的棉花裹住牙齒，要她回班上。小龜只好每半小時就要求老師讓她去一次廁所，才能跟上最新的股市報導。「我膀胱炎啦。」她解釋。

⋯⋯

可洛第三度用威斯汀紙尿布擦亮韋克斯勒太太的銀茶壺。還要兩天，後天。要她回那棟房子實在太痛苦了，但奧提斯說她非去不可，得去拿她應得的錢財。回去那裡是為了贖罪，不是為了應得的錢財。無貪念，才會蒙受祝福。

「轟！提醒妳把門鎖好。」送貨員說，並丟了一個威斯汀紙業的紙箱在廚房地板上。「是這樣的，我的老友可洛，我大概已經猜到炸彈客是誰了。」

可洛盯著她映在閃亮銀器上的扭曲倒影，身體僵住了。「是**誰**（**Who**）？」

「答對了。」奧提斯．安柏說：「正是詹姆斯．**胡**（**Hoo**）。他想讓那間咖啡店做不成生意，對吧？接著他又炸了自己的餐廳，大家就不會懷疑他了，對吧？他還幫韋克斯勒家的派對做外燴，多帶一個裝食物的盒子進門也不會被發現，對吧？」

詹姆斯．胡是炸彈客。可洛雙手發抖，臉上充滿憎恨。那個美麗、純真的天使……山迪說安潔拉的臉一輩子都會帶著疤痕。詹姆斯．胡，小心了！我將向你復仇。

…

法官重新安排行程，讓接下來最後幾天都空下來。（就把妨礙她工作這筆帳記在山姆．威斯汀頭上吧。）

山迪接著念下一個項目：「這一個很有趣。」

◎可洛

柏斯．愛麗卡．可洛。年齡：五十七。母親於生產時死亡，由父親（已辭世）撫養長大。教育程度：高一。十六歲結婚，四十歲離婚。前夫姓名：溫迪．溫克洛普（Windy Windkloppel）。醫療紀錄：有慢性酒精中毒。警方案底：三度因流浪罪遭到逮捕。信教後戒酒，在平民窟創辦善救世慈善廚房，在日落塔當女清潔工，住在四樓的女僕房。

跟威斯汀的關聯：？

「是，確實很有趣。」福特法官回答：「但這跟我們想查的事沒什麼關係。」

⋯

「有客人。」傑克．韋克斯勒拿起一根肋排指著餐廳門口那個一身黑的人。

「一定是來收錢的。」胡先生看著帳簿皺眉。

葛蕾絲抬頭一看，原來只是女清潔工，她又低頭回去看她正在整理的運動照片了。她準備幫其中十來張裱框，掛到「胡在一壘」的某面牆上。

「過來和我們一起吃吧。」傑克大喊。

可洛跛行來到桌邊，聽到韋克斯勒太太咂了一下嘴。罪孽深重的女人，她將會帶著驕傲和貪念下地獄，而且會把那個剁人腳的老公一起拖下水。還有那傢伙，那個胖子、貪吃鬼、炸彈客，傷害無辜孩子的凶手。

也許她真的是來消費的，胡心想。她因怒火露出咬牙切齒的表情，但老闆以為她是在氣晚餐送太慢。他起身，幫可洛拉一張椅子。「我太太馬上就會送上一份中式午茶給妳。」

胡太太放了幾種餃子到桌上，對傑克咯咯笑，然後跑回廚房。

那個傻笑的胡太太是個美女，而且相當年輕。葛蕾絲對丈夫投以懷疑的眼神，內心受到嫉妒的侵蝕（也許只是煎餃讓她難受）。

胡太太回來倒茶了，傑克拍拍她的手。很好，葛蕾絲注意到了，她嫉妒時會按著肚子。這位足科醫師轉頭對可洛微笑。「妳的食欲沒什麼問題，看了真開心。」

「我的嘴巴沒事。」女清潔工低頭看著盤子，回答醫生。「痛的是我的腳。你切掉的雞眼還沒好，我的左腳腳底又長繭了，而且甲溝炎又變嚴重了。」

葛蕾絲一手摀著嘴衝出餐廳，胡先生走向廚房。

「妳多年來一直穿不合腳的鞋子，所以才出了毛病。」傑克念她。

可洛沒在聽。炸彈客詹姆斯．胡回來了，手中拿著某樣東西。

「嘿，可洛，試試這個，我發明的。紙製鞋墊，會讓妳感覺像飄在空中喔。站一整天是很累人的，喏，試試看。」

可洛細看那兩塊紙摺成的輕軟墊子。「多少錢？」

「不用錢，大方送。」

可洛心存懷疑，但還是把紙製鞋墊塞入鞋裡，試著走了一段路。疼痛舒緩了好多呀。奧提斯．安柏錯了，詹姆斯．胡是個好人，不可能是炸彈客。可洛飄出餐廳，沒付午餐錢。

「喔，不，不會又來一個受害者吧。」賽德爾．普拉斯基大叫，把筆記塞到床墊下。

⋮

一位護士將克里斯推到安潔拉床邊，然後解釋這男孩正在接受新藥測試。

「你還好嗎？」她彎腰湊向侷促不安的小患者。

克里斯正試著從浴袍口袋中掏出一個封好的空白信封。他知道哥哥迷上她了。他猜席歐溜上樓，是想塞這封信到安潔拉家門下，但穿錯了浴袍，而且還想起安潔拉人在醫院，不好意思親自把信交給她。

「席、席歐給妳的。」克里斯想看安潔拉讀那封情書的模樣，但護士堅持要推他回病房。

「看看那笑容。」賽德爾讚嘆。

「再見，祝你好運。」賽德爾呼喊。安潔拉揮舞包著繃帶的手。

「山、山。」克里斯回答：「小、小龜的線索。」她活該，誰叫她要踢他的搭檔。

山，安潔拉心想。小龜的MT代表山，不是空。那封信也不是席歐寫的。

你的愛有2，這有給你的2。
帶她遠離這原罪與仇恨
現在就走！以免一切太遲。

信下方又貼了兩條線索：

與　陛下

WITH　MAJESTIES

「可洛和奧提斯·安柏的線索不是國王和皇后。」她對賽德爾說：「是與汝，美麗的陛下。」

……

山迪和法官還在研究繼承人的背景。

◎韋克斯勒家

傑克・韋克斯勒。年齡：四十五。足科醫師，馬凱特大學畢業。二十二歲那年結婚，育有二女（後面會提到）。

葛蕾絲・溫瑟・韋克斯勒。本名葛蕾西・溫克洛普。年齡：四十二歲。上述人物之妻，自稱室內設計師，大多數時間待在中式餐廳或美容院。她和傑克（見前）育有兩女（後面會提到）。

安潔拉・韋克斯勒。年齡：二十。與丹頓・迪爾（其中一個繼承人）訂婚，讀過一年大學（成績優秀）。第三起爆炸案受害者，經常在刺繡。

小龜・韋克斯勒。本名：塔比莎—露絲・韋克斯勒。年齡：十三。國中生，愛玩股票。很聰明的孩子，但會踢人。芙蘿拉・波拜克叫她愛麗絲。

跟威斯汀的關聯：葛蕾絲・溫瑟・韋克斯勒宣稱山姆・威斯汀真的是她叔叔。安潔拉長得很像薇歐莉特・威斯汀，葛蕾絲也有她的神韻，只是年紀大一點。

山迪把玩著他的筆。「有件事我沒寫下來。也許我不該告訴妳，因為妳是法官，不過呢，嗯，傑克・韋克斯勒……是簽賭組頭。」

對，他根本不需要提這個。「麥索瑟先生，我很確定他在簽賭的世界只是個無足輕重的小人物。」法官冷冷的回答：「那跟我們要處理的事情無關。山姆·威斯汀操弄他人、欺騙員工、賄賂官員、偷別人的創意，不過他從來不抽菸、喝酒、賭博。我寧願跟組頭混，也不要靠近那個優秀、正直、安分守己的男人。」

門房臉紅了，他從褲子後方口袋掏出撞凹的隨身酒壺，喝了好幾口。

她有點太咄咄逼人了。「麥索瑟先生，要不要來點喝的？」

「不用了，法官，我就愛我的老蘇格蘭威士忌。」

「溫克洛普！」法官突然大吼，害山迪最後一口酒吞得極不順暢。

「葛蕾絲·韋克斯勒的本名不是溫瑟，是溫克洛普。」法官驚呼，飛快翻著山迪的筆記本。「有了，柏斯·愛麗卡·可洛。前夫姓名：溫迪·溫克洛普。」

山迪停止咳嗽，開始笑了。「葛蕾絲·溫瑟·韋克斯勒果然是某人的親戚，而這某人是個女清潔工。法官，妳覺得她知道這件事嗎？」

「我猜她不知道。再說，我們不確定她們是不是真的有關係，我想再看看可洛資料夾裡的文件。」

「法官，我很確定是溫克洛普，拼字我檢查了三次。」

福特法官重讀了私家偵探的報告。「麥索瑟先生，是溫克洛普沒錯，但你仔細看看訪談中那個女人的名字。」

柏斯·愛麗卡·可洛？我當然認識，她和她爸住在我樓上的公寓。我們是死黨，感情好得像姊妹，不過她比較美，膚色漂亮，頭髮長長的紅中帶金。她退學嫁給一個姓溫克洛普的傢伙，之後我就沒她的消息了。她沒碰上什麼麻煩吧？對吧？

訪談錄音逐字稿

訪談對象為賽比爾·普拉斯基，十一月十二日

「普拉斯基！」門房說。

「不只是普拉斯基，」法官糾正他：「是賽比爾·普拉斯基。山姆·威斯汀想要可洛的童年玩伴賽比爾·普拉斯基當他其中一個繼承人，結果找上了賽德爾·普拉斯基。」

「天啊，法官，我從頭到尾都沒注意到。哇，我是蠢蛋嗎？不過這代表什麼呢？」

「麥索瑟先生，這代表山姆·威斯汀犯了第一個錯誤。」

20 ◆ 坦承

星期五快速逼近，太快了，時間即將耗盡。

小龜翹課了。她原本就惹出許多麻煩，不過她變成億萬富翁後可以打造自己的學校，請合她胃口的老師。

儘管小龜已在身旁，芙蘿拉．波拜克還是坐在椅子邊緣，盯著不斷變化、沒有止境的跑馬燈，咬著她剩下的指甲，每當WPP出現就喊一次：「喔，天啊！」下午兩點，威斯汀紙業的股價來到了五十二塊錢，十五年來的最高峰。

「波波，就是現在，賣！」

⁘

道格．胡有離開教室的正當理由：明天就是田徑大賽了。他慢跑，衝刺，全速奔跑——不是在賽道上，而是跟在奧提斯．安柏後方，在購物中心與日落塔之間不斷往返，一次又一次一次又一次……嘿，他往新的方向前進了。

奧提斯．安柏將送貨腳踏車停在一棟分租公寓前，進入屋內。道格躲在對街某個屋子的門口等待。許多人進進出出，但奧提斯．安柏沒再出來。道格沿著那街區來回慢跑，跑了兩個小時，還是沒有奧提斯．安柏的影子。

道格又冷又餓，但至少他的腳不再痛了。昨晚他問韋克斯勒醫生該怎麼處理水泡，那位足科醫師要他去找他爸——不是別人，正是他爸，不過那個紙製鞋墊還真的有效。

五點時，奧提斯．安柏蹦蹦跳跳的出了分租公寓大門，躍上腳踏車，雙手空空的騎回日落塔。道格的任務結束了。呃，幾乎結束了，席歐人在哪？

⋮

席歐正在醫院加護病房包紮，因為他的「化學式」實驗有小小的計算錯誤，幸好實驗室爆炸時沒有其他人在。

「你喜歡玩爆裂物是嗎，孩子？」拆彈小隊的警探問。高中化學實驗意外並沒有多稀奇，不過這學生住在日落塔。

「我正在做化學肥料的實驗。」席歐回答，並露出痛苦的表情。醫生正在戳他的肩膀，好弄出玻璃碎片。

「第一顆炸彈是在你們家咖啡店爆炸的，對吧？你爸媽工作都很辛苦對吧？」

「他們比我還辛苦。為什麼要問我這些問題？你們警監說日落塔的爆裂物只不過是鞭炮。」

「當然是了，不過炸彈客都有個奇特的習慣，他們會製造愈來愈大的爆炸，直到被逮住。」

席歐有不在場證明。第三顆炸彈爆炸時，他在遠離韋克斯勒公寓的地方。警探口齒不清的警告他，使用化學物質不能大意，不過席歐早就已經學到教訓了。

「痛！」

⋯

最後咖啡店老闆總算親自送餐上樓了。法官開門見山的說：「喬治．席歐多拉基斯先生，請告訴我你跟薇歐莉特．威斯汀之間的關係。我有充分理由相信某人面臨著生命危險，需要你提供這個情報。」

他已經料到會被問了。「我在威斯汀鎮長大，我爸是工廠工頭。薇歐莉特．威斯汀和我，是所謂的青梅竹馬。我們有結婚的打算，等我付得起聘金就結，但她母親拆散了我們。她希望薇歐莉特嫁給某個大人物。」

法官不得不打斷他。「她母親？你是說，安排她終身大事的人是威斯汀太太，不是山姆．威斯汀？」

喬治．席歐多拉基斯點點頭。「沒錯。山姆．威斯汀試圖要薇歐莉特參與他的事業，我猜他希望女兒有一天能接掌紙業公司，但她想成為一名老師。再說，薇歐莉特沒有什麼商業頭腦，後來他爸就不怎麼放心思在她身上了。」

「繼續說。」法官緊盯著證人。

話題開始令席歐多拉基斯先生痛苦了，他在談話過程中結巴了好幾次。「威斯汀太太親自指定了那個政客——八成是認為他最後會進白宮，而她的女兒會成為第一夫人。不過薇歐莉特認為他不是什麼好東西，只在意自己的政治前途，是個低劣的騙子。薇歐莉特的個性很溫和，還是個獨生女，無法反抗她媽，也不願意嫁給那傢伙……我猜她想不到其他方法，只能……威斯汀太太在薇歐莉特死後算是發瘋了，而我……嗯，那都是很久以前的事情了。」

「謝謝你，席歐多拉基斯先生。」法官結束他的問訊。這男人現在過著不同的生活，有心愛的人、面臨的問題也都不同。「謝謝，你幫了我很大的忙。」

山迪現在可以完成他的紀錄了：

◎席歐多拉基斯家

席歐．席歐多拉基斯。年齡：十七。高中生，在家裡開的咖啡店工作，想當作家，似乎很寂寞，找不到人陪他下西洋棋。

克里斯多斯．席歐多拉基斯。年齡：十五。席歐之弟，整天坐在輪椅上，大約四年前受到病魔侵襲。很了解鳥。

跟威斯汀的關聯：他們的父親和山姆．威斯汀的女兒（長得很像安潔拉．韋克斯勒）年輕時曾是情侶，後來被威斯汀太太拆散。她想要女兒嫁給其他人，但薇歐莉特在婚禮前自殺了。上述兩兄弟的爸媽都不是遺囑指定的繼承人。

「聽說他們試用在克里斯身上的新藥有些幫助。」山迪報告：「不過那可憐的孩子最需要的不是藥物。他真的很聰明，妳知道克里斯有機會擁有真正的未來，甚至可能成為科學家或教授，但他的家人得花上一大筆錢，才有辦法讓他那樣的身障者一路念到大學，那是他家人永遠不可能賺到的數字。」

「他們的爸媽更讓我感興趣。」法官說：「為什麼他們不是繼承人？」

山迪對這件事也有一點看法。「也許山姆．威斯汀不想讓喬治．席歐多拉基斯尷尬，因為他已經結婚了。又或許威斯汀認為他的咖啡店太忙，他無法一直參與遊戲。也可能是威斯汀把女兒的死怪罪在他頭上，認為他們應該要私奔才對。」

「不對，如果山姆．威斯汀怪罪席歐多拉基斯先生，他就會讓他加入這個可悲的遊戲，使他成為繼承人。」法官回答：「我們面臨的可能性太多了，這都是山姆．威斯汀設計好的。我們絕對不能分心，不能把注意力從真正的問題上移開：山姆．威斯汀想要懲罰的繼承人是哪一個？」

「傷他最深的人？」山迪猜測。

「那會是誰？」

「害死他女兒的人？」

「說得正是，麥索瑟先生。山姆．威斯汀策畫這一切就是為了對付害他女兒自殺的人，這人強迫薇歐莉特嫁給她憎恨的對象。」

「威斯汀太太？法官，那是不可能的啊，威斯汀太太不是繼承人。」

「麥索瑟先生，我認為她是。山姆．威斯汀的前妻一定就在繼承人之中，她就是遊戲的答案。不管她是誰，我們都得保護她。」

21◆第四顆炸彈

2C的門開了。芙蘿拉．波拜克尖叫，小龜則撲向她們正在數的錢。是席歐，不是小偷。「我可以借妳的腳踏車嗎？幾個小時後就還，我要去辦很重要的事。」席歐不像道格是個跑者。道格現在非常火大，氣他遲到這麼久。他需要腳踏車去跟蹤奧提斯．安柏，立刻就得上路。

小龜無情又沉默的瞪著他。

「電梯裡那個紙條不是我寫的，再說妳已經踹過我了。拜託，小龜。」她還是不回答，好個叛逆女子。「我今天和警察聊了很久，但我拒絕透露炸彈客的身分。」

「你說這話是什麼意思？」

她以為是什麼意思？意思是——他和其他人都知道小龜是炸彈客。「算了，我到底能不能借妳的腳踏車？」

「你為什麼要借？」

席歐咬牙切齒。放輕鬆，憤怒不會比威脅有用到哪去，試著當個好人。「我今天在醫院見了安潔拉，她要我跟妳問好。」

「那是什麼意思？」

「小龜．韋克斯勒，把腳踏車借給我，不然……不然妳等著瞧！」

小龜不用問也知道「等著瞧」是什麼意思。警察——炸彈客——安潔拉，不過席歐是怎麼知道的？「喏。」她將掛鎖的鑰匙丟給房間另一頭的席歐，等到他急忙出門才放開那些錢。

「他真是個好孩子。」芙蘿拉．波拜克評論。

「當然了。」小龜回答，然後撥電話到醫院去。「安潔拉．韋克斯勒，325房。」

「325房不接任何電話。」

小龜掛掉電話。如果席歐知道，其他人也會知情。安潔拉放那些鞭炮就是希望被逮到，但現在狀況不一樣了。現在她也不知道該怎麼辦，只感到害怕，他們很快就會逼她招供了。那雙藍色大眼裡滿是罪惡感，也許他們現在已經在訊問她了。「波波，我不太舒服，我想要回家睡覺了。」

•••

席歐騎著小龜的腳踏車，在尖峰時段的車陣中鑽來鑽去，跟隨一輛公車來到鐵路另一頭的骯髒鬧區，可洛和奧提斯在這裡下車。貧民窟。兩人穿梭在燈光昏暗、垃圾四散又發臭的街道，彎腰湊向睡在門口的髒兮兮乞丐，扶他們起身，然後帶著這一支搖搖晃晃的賤民隊伍進入一個破爛店面。櫥窗上的字母都剝落了：善救世慈善廚房。

一個喝醉的枯瘦男子踉蹌走向席歐，席歐在他伸長的髒手中放了一個二十五分錢硬幣。這麼做主要是出自恐懼，不是善心。

演唱聖歌的聲音飄向他，最後一批流浪漢也剛好蹣跚進門。席歐走到狹窄街道的另一頭，把鼻子貼上起霧的餐廳窗戶。好幾排的苦命人駝背坐在木頭長凳上，可洛站在他們面前，身穿整齊的黑衣，手舉向破碎的天花板。她身後的奧提斯．安柏，攪拌著大鐵鍋中的滾燙雜燴。

席歐發狂似的飆回日落塔。可洛和奧提斯．安柏為何會跑到底層區去都不干他的事。他痛恨自己的監視行為，恨山姆．威斯汀的髒錢和骯髒遊戲。席歐覺得自己就像他監視的流浪漢一樣骯髒，不，更髒。

法官認為他們對所有繼承人的調查已經結束了。

「不，還沒完。」門房說。

⋯

◎麥索瑟

亞歷山大・麥索瑟。人稱山迪。年齡：六十五。出生地：蘇格蘭愛丁堡。三歲那年移民到威斯康辛。教育程度：八年級。工作：磨坊工人，工會組織者，拳擊手，門房。已婚，育有六子，兩個孫子。

跟威斯汀的關聯：在威斯汀紙廠工作二十年，因試圖組織工會遭山姆・威斯汀本人開除。無退休金。

山迪翻到新的空白頁，推了一下眼鏡。眼鏡以膠帶固定，架在他斷裂的鼻梁上。他看了一眼法官：「名字？」

調查自己的搭檔似乎不會有公正的結果，不過麥索瑟這個想法是對的，他們參加的可是威斯汀遊戲。當然了，關於其他繼承人的某些資訊，她並沒有透露給他，但那只是因為她不信任他的大嘴巴。「荷西—喬・福特，荷西和喬之間有連字號。」

「年齡？」

「四十二。教育程度：哥倫比亞大學畢業，哈佛法律學位。」法官等門房緩慢的用他難以辨識的筆跡記下所有情報。他得拿出這種龜毛的態度，才能證明自己的教育程度不只有八年級。可惜他無法多讀點書，他是個聰明人。

「職業？」

「助理地方檢察官。法官：家事法庭、州最高法院、上訴分院。上訴（appellate）這個字有兩個p兩個l。從未結婚，沒有小孩。」

「跟威斯汀的關聯？」

法官停頓了一下，接著用非常快的速度說話，快到山迪只能停筆。「我媽曾在威斯汀家當僕人，我爸是鐵路工，假日就到威斯汀家當園丁。」

「妳的意思是，妳住過威斯汀家？」山迪顯然很驚訝。「妳認識威斯汀一家人？」

「我很少見到威斯汀太太。薇歐莉特只比我小幾歲，像娃娃一樣纖細。家人不准她和其他小孩玩，尤其不能跟那個僕人家瘦巴巴的長腿黑人女兒玩。」

「天啊，妳一定很寂寞吧，法官，沒人可以一起玩。」

「我和山姆・威斯汀一起玩——下西洋棋。我在那張棋盤前坐了無數個小時。他教我下棋、用言語侮辱我，每次都贏。」法官想起他們最後一次對弈。她吃掉他的皇后時興奮極了，結果他下一步就將軍她了。山姆・威斯汀故意犧牲他的皇后，而她中計了。「蠢孩子，妳的頭殼裡一定沒裝大腦才會那樣下。」那是他對她說的最後一句話。

法官接著說：「十二歲那年，我被送到寄宿學校。我爸媽有空就會來學校找我，不過我後來再也沒有踏進威斯汀家一步，一直到兩個禮拜前。」

「妳爸媽一定很辛勤工作。」山迪說：「念那學校可是得花一大筆錢呢。」

「山姆・威斯汀付了我的學費。他確保我進入一流的學校，八成也幫我安排了一份工作。他做的也許不只這些，但我只知道這樣。」

「我聽了那老頭那麼多事蹟，這還是第一個像樣的。」

「很難說是像樣，麥索瑟先生。讓法官欠他人情，對山姆・威斯汀只有好處。當然了，我確實用盡各種藉口遠離任何跟威斯汀家有關的案子。」

「法官，妳對自己真是嚴苛得可怕呢，對他也一樣。也許威斯汀幫妳付學費，只是因為妳聰明但家境不好，除了錢之外的事情妳都靠自己搞定了。」

「麥索瑟先生，聊這個沒有意義，你這樣寫就是了——跟威斯汀的關聯：她的學費由山姆・威斯汀贊助，從來沒還一毛錢。」

⋮

席歐結束貧民窟的刺探任務後大為沮喪，把怒氣都發洩在「上樓」的按鈕上，不斷戳、擠，直到電梯終於來到大廳。電梯門緩緩滑開，他低頭盯著火花四濺、霹啪作響的大批爆竹大叫一聲，連忙趴到地板上，那些煙火正好射出電梯，掠過他頭頂，只差幾公分就要打中他了。轟！轟！刺眼的白光劃過大廳，通過敞開的大門，在夜空綻放成一朵繽紛的菊花。接著電梯門關上了。

炸彈客有個小失誤。最後一發煙火，在電梯回到三樓時才爆開，轟！拆彈小組（走樓梯）抵達現場時，煙霧已經散去，但那個小女孩還是瑟縮在走廊地板上，烏龜似的臉龐掛著兩行淚水。

「看在老天的分上，說話啊。」她媽說：「告訴我哪裡會痛。」

疼痛太劇烈了，無法用語言形容。小龜的辮子有整整十公分嚴重燒焦。

葛蕾絲・韋克斯勒攻擊警方。「你們說只不過是小孩惡作劇。好個小孩惡作劇，我的兩個孩子都受重傷，差點沒用死掉了。也許你們現在會做點什麼吧，但一切都太遲了！」

那名警察並沒有受到母親怒火的撼動，向她遞出電梯內牆上貼著的標語：

炸彈客再度出擊!!

標語的另一面是手寫作文：「我在暑假做了什麼」，作者小龜．韋克斯勒。

葛蕾絲一把搶下那張紙，在女兒面前甩啊甩的。此刻她正躺在芙蘿拉．波拜克懷中，接受她輕輕的搖晃。「小龜，有人從妳那裡偷走了作文對不對？妳不可能會做出這麼可怕的事，妳不可能那樣對安潔拉，她是妳親姊姊啊。難道妳下得了手？妳下得了手嗎？」

「我要見律師。」小龜回答。

⋯

若按照程序走，拆彈小隊就得工作超時六小時，在這段期間內填好各種表格、送青少年罪犯到少年感化院去。他們認為對大家都好的安排，是把犯罪者押到4D去接受福特法官的監管。

福特法官穿上黑袍，坐到桌子後方。她面前站著一個垂頭喪氣，看起來非常悲傷、愧疚的小孩，完全不像她認識的那個小龜。「妳讓我很意外，小龜・韋克斯勒。我以為妳聰明絕頂，絕對不可能採取如此危險又愚蠢的毀滅性行動。」

「是的，女士。」

「小龜，妳為什麼要那麼做？是想傷害某人，以牙還牙？」

「不是的，女士。」

當然不是。小龜會踢別人小腿，不是壓抑怒氣的人。「妳知道兒童面臨的處罰不會像成人那麼嚴重，而且也不會有永久的犯罪紀錄？」

「是的，女士。不對，我是說，不是的，女士。」

她在袒護某人。她在電梯裡施放炮竹，別人就不會懷疑真凶。但真凶是誰呢？只能拋出一個又一個的名字，從她口中套出來，先從可能性最低的開始。

「妳是在袒護安潔拉嗎？」

「不是！」

法官被她激動的反應嚇了一跳。安潔拉不可能是炸彈客，那個甜美又漂亮小傢伙不可能亂來的。小傢伙？她是這麼看待那位年輕女性的嗎？小傢伙？除了「聽說妳要結婚了」或「妳看起來真美，安潔拉」，她還對她說過什麼？有沒有任何人問過她的想法、希望、計畫？如果有人這樣對我，我不只會放煙火，我會放黃色炸藥。不對，我會直接閃人，繼續走我自己的路。不過安潔拉不一樣。

「那真是愚蠢到極點的行為。」法官大聲說。

「是，女士。」小龜低頭看著地毯，不確定自己是不是不小心供出安潔拉了。福特法官的手勾上小龜乾瘦的肩膀，在這之前，她從沒希望過有個妹妹。

「小龜，能不能答應我永遠不要再玩那些炮竹了？」

「好的，女士。」

「在此同時，妳還有沒有什麼話想告訴我？自己招吧。」

「有的，女士。威斯汀先生死掉那晚，我人在威斯汀宅。」

「天啊，孩子，坐下來好好說。」

小龜先是說了紫波的故事，然後再提到那些低語、蓋著棉被的屍體、掉在路上的花生醬、果醬三明治，還有她媽的十字架，最後是她贏得的二十四美元。

「妳或道格．胡有沒有報警？」

「沒有，女士。我們太害怕了，拔腿就跑。這樣構成犯罪嗎？」

法官說隱瞞謀殺是違法的。

「但威斯汀先生不像是被謀殺的。」小龜爭辯：「他看起來像是睡著了，就像在棺材裡那樣，他看起來像個蠟像。」

「蠟像？」

現在輪到小龜被法官激動的反應嚇到了。法官心想，也許那真的是個蠟像，根本不是屍體。那山姆．威斯汀呢？

法官恢復冷靜了。「發現屍體不通報者，違反公共衛生法，不過我不擔心這個。還有沒有其他發現，小龜？」

「有的，女士。」小龜回答，並瞄了一眼活動酒吧。「可以給我一點波本酒嗎？」

「妳說什麼？」

「一點點就夠了。用一小片棉花沾它，讓我塞進蛀牙裡。我的牙齒痛死了。」

福特法官鬆了一口氣，還好她手上沒多出一個青少年酒精中毒者。她為小龜準備了這個家庭醫療偏方。「好點了嗎？很好，妳可以回家了。」

回家就代表回到波波身邊。不管發生什麼事，波波都會愛她，而小龜也不介意被其他人當成炸彈客——唯一的例外是山迪。他現在走向她了，蹦蹦跳跳的，但臉上沒有笑容。山迪對她失望了，他認為她傷害了自己的姊姊，不想再跟她當朋友了。

「我的小女孩還好嗎？」山迪捧住她的下巴，抬起她的頭。「哇，又喝太多啦？」

「那是棉花沾了波本酒的味道，治牙痛的。」

「是啊，我聽過那種做法。」

「我是說真的，山迪。」小龜指著她大張的嘴巴說。

門房往內看。「哇，好大一個洞，看起來像大峽谷。明天早上妳得去看我的牙醫——別跟我爭。他下手很輕，妳不會有感覺的。妳要去喔，答應我好嗎？」

小龜點點頭。

山迪微笑。「很好，那我們回到正題。我太太明天生日，我認為妳的條紋蠟燭很棒，可以當作一流的禮物。」

「只剩一根了。」小龜回答：「是最好的貨，有六種超棒的顏色。我花了很多時間做，所以一直放在手邊。但是山迪，既然是你太太的生日，我賣你五美金就好，也不收你銷售稅。」

⁘

「盡量不要讓屁股翹得那麼出來。」坐在椅子上的安潔拉說。賽德爾．普拉斯基現在倚著拐杖，笨拙的前傾身體，用以前習慣的姿勢跛行著。

「妳繼續讀線索就是了。」祕書打直身體，抬頭挺胸縮小腹，但跨出下一步又破功了。

關掉電話，在「不接受訪客」的牌子旁加上「傳染病患者」後，這兩個炸彈受害者總算保有隱私了。賽德爾大聲念出整份遺囑兩次，安潔拉則用解開繃帶的手重新調動線索的順序。

轂 空 優雅 好 蓋
和 美麗 陛下 來自 汝的 紫
波 上（沒）山

「再一次。」賽德爾下令：「改變順序，然後先把那個字設定成上或沒，兩種一起考慮太容易搞混了。」

優雅的 好 空 轂
在 汝 紫 山 蓋 波 上

來自　陛下　美麗的

「噓！」有人在門邊。安潔拉撿起對方從門縫滑過來的紙條。

親愛的安潔拉：

我猜門上的標語代表我也應該止步。

我了解的，我們都需要時間好好想想。我會等妳的，我愛妳——丹頓

「上頭說什麼？」賽德爾催促著，不過安潔拉只大聲念出附記。

P.S.妳有另一個崇拜者。克里斯想把我們其中一條線索告訴妳和普拉斯基小姐。（芙蘿拉．波拜克也看過。）那個字是平原（plain）。

「**飛機**（**plane**）嗎？」賽德爾問。

「不是，是可以解釋成平原或普通的那個字。」

「平原，穀物。快點，安潔拉，妳再重讀線索一次。」

來自 空 平原 好 蓋
美麗 波浪 上 穀物
優雅 汝 紫 山 陛下

「就是它了，安潔拉。我們解開了，我們找出答案了！」賽德爾幾乎無法控制她的興奮。「遺囑說，頌讚這塊慷慨的土地。遺囑還說，願上帝為你們煉金。美利堅，安潔拉，美利堅！**紫山陛下**（**majesties**），也就是**紫山雄偉**（**majesties**）啊，安潔拉，呀呼！」

幸好賽德爾．普拉斯基把枴杖往上丟時離床很近。

22◆輸家，贏家

星期六早上，有個新訊息貼在電梯內：

我，小龜．韋克斯勒承認四起炸彈案都是我做的。
抱歉，這行為很蠢，我不會再犯了。
不過我不是小偷，我也永遠不會謀殺任何人。
你們的朋友，小龜

P.S.為了補償受驚的各位，等我贏得遺產後，會請大家吃豪華中式晚餐。

「可憐的葛蕾絲。」胡先生說：「其中一個女兒差點被炸死，結果另一個女兒就是炸彈客。那個自作聰明的小鬼，先是炸了我的廚房，接著還幫我的菜廣告。贏得遺產——哈！也許有個蠢運動員兒子是我好運呢。」

「轟。」胡太太開心的說。她知道他們現在要去哪裡。每到這一天，道格都會吃六顆蛋當早餐，然後繞著一條大跑道跑啊跑的，大家會為他鼓掌，然後給他閃亮的獎牌。道格以那些獎牌為傲，她絕對不會拿走它們，連金牌都不會去動，儘管這樣一來她得多等兩年才能回中國。不，她永遠不會拿道格的獎牌，也不會賣掉那個美妙的時鐘，有老鼠戴手套指著時間的那個。

⋮

「你一定是瘋了，傑克．韋克斯勒。你要我去田徑大會讓所有人對我指指點點，嘲笑我說：『看，該隱與亞伯的媽媽來了。』我甚至不確定自己有沒有臉出席今晚的威斯汀宅聚會。」

「別這樣嘛，葛蕾絲，出去走走對妳有好處的。」足科醫師在三樓走廊催促他興致缺缺的妻子。「換個角度，別再想妳自己的狀況了，想想小龜的感覺有多糟。」

「別再向我提起那個孩子了，你想想她對安潔拉做了什麼。我從來沒說過這件事，但是傑克，我一直覺得醫院在小龜出生時不小心抱錯孩子了。」

「難怪她會想把我們都炸死。」

葛蕾絲的絕望以憤怒的形式爆發了。「喔，我懂了，你是在怪我。我要你好好念她，叫她不要再踢人。如果你照做的話，她搞不好就不會成為罪犯了。」

「我娶的那個風趣女子去哪了？她的名字叫什麼——葛蕾西．溫克洛普？」

葛蕾絲迅速環顧四周，擔心有人聽到那個醜陋的名字。不過他們在電梯內，沒有其他人在。「喔，我知道其他人怎麼想。」她抱怨：「可憐的傑克．韋克斯勒，這個好心的萬人迷竟然娶了一個高傲又自稱室內設計師的女人。哼，安潔拉以後不用精打細算、省吃儉用也能過活了。她將嫁給一個真正的醫生，我會讓這件事成真。」

「當然了，葛蕾絲，安潔拉不會嫁給像她爸那樣的人生輸家，妳會見證到的。」真正的醫生，她說。足科醫師也是「真正」的醫生——嗯，這年頭算是，但在他求學那個年代是另外一回事。他原本可以回學校進修，上更多課的，但他當時已經結婚了，成為了一個父親——喔，他在騙誰啊。葛蕾絲說得對，他是個人生輸家。接下來她就會說自己為了嫁給猶太人而捨棄原生家庭……不，她從來沒提過這件事，葛蕾絲做錯了很多事，但她從來不會提這個。

電梯門開了，外頭是大廳。葛蕾絲轉頭面對那個沉默、眼神悲傷的丈夫，人生輸家。「喔，傑克，我們是怎麼了？我是怎麼了？也許他們說得對，我不是一個好人。」

傑克按下關門鍵，將啜泣的妻子擁入懷中。「不要緊，葛蕾絲，我們回家。」

電梯來到二樓，門開了。「媽！爸，她怎麼了？她在哭？唉唷，媽，對不起，那只是幾發煙火。」如果她媽發現真正的炸彈客是誰，一定會徹底心碎。

小龜在小小的下巴上綁了一條方巾，悲傷的小臉從裡頭往外望，今天看起來比平常更像烏龜了。「放開門吧，小龜。」傑克說：「祝妳在田徑大會度過愉快的時光。也祝妳玩得開心，波拜克太太。」

田徑大會？她們沒要去田徑大會，而且接下來一定不會度過美好的時光。

傑克帶葛蕾絲進家門時，她仍靠著他的肩膀啜泣。

「媽，妳怎麼了？爸，她怎麼了？」

「沒什麼，安潔拉，妳媽只是在哭個痛快。妳和普拉斯基小姐何不讓我們獨處一下呢？」

「走吧，安潔拉。」賽德爾用不成對的拐杖戳了她一下。「我們還得塗一下拐杖呢。」

安潔拉看著這對擁抱的愛侶。她媽在哭泣，而她爸將臉埋在她的亂髮中。他們沒問她是怎麼從醫院回來的（計程車），也沒問她是不是還會痛（不怎麼痛了），甚至沒檢查繃帶下方，看她的臉頰是不是有疤痕（有）。沒人管安潔拉了。嗯，那就是她想要的，不是嗎？對，對，沒錯！她發出一小串笑聲，用手按住發疼的臉。

「我看起來哪裡怪怪的嗎？」

「不，我不是在笑妳，賽德爾。我永遠不會笑妳。我只是覺得，突然間好像一切都變好了。」

「都很好，很好。」她的搭檔回答，並解開公寓門的四個鎖。「今晚我們會贏走所有遺產。」

會嗎？遺囑說答案是個人名，但她們拼湊出的是歌名，不是人名。

「『喔，美麗的廣闊天空。』」賽德爾開始唱了：「『穀物的紫波。』」

「不是紫色。」安潔拉糾正她。「是**琥珀色**（**amber**）。『穀物的琥珀波浪。』」是**安柏**（**Amber**）！

⋯

福特法官來回踱步。今晚她要是不阻止山姆．威斯汀，他就會採取報復行動。如果她的判斷正確，面臨危險的人就是威斯汀的前妻。如果小龜說的蠟像也真的存在，那山姆．威斯汀本人就會在現場看好戲。

有人敲她的門了。法官很意外來的人是丹頓．迪爾，當他推著輪椅上的克里斯多斯．席歐多拉基斯進門時，她又更吃驚了。「妳好，法官。其他日落塔住戶似乎都會去看田徑大會。我出門時遇見山迪，他說妳不會在意讓克里斯在妳這待一下午。我得回醫院了。」

「妳好，福、福特法官。」克里斯穩穩伸出手，法官與他握手。

「你看起來很有精神呢，克里斯。」

「藥、藥很有用。」

「這是一個大躍進。」實習醫師說。他的措詞有誤，因為這孩子還是有可能得終生坐輪椅。「更有效的藥物目前在研發階段了。」聽起來真的很自傲。「呃，再見囉，克里斯多斯，我們晚上見。謝謝妳，法官。」

「他知道很多重要詞彙。」克里斯多斯說。

「是啊，他懂很多。」福特法官回答。冒出這個男孩，她該怎麼辦？她還有好多思緒得整理，還有很多計畫要做。

「妳可、可以工作，我賞鳥。」克里斯多斯提議，自己推著輪椅到窗邊，望遠鏡晃啊晃的，敲著他的胸口。

「好主意。」法官回到桌邊研究剪報。

威斯汀太太：一個瘦巴巴的高個子女性。她現在可能不瘦了，但一定還很高。大約六十歲。如果山姆·威斯汀的前妻是其中一個繼承人，那她一定就是可洛。

「妳看！」克里斯大叫，法官嚇得資料都掉到地上了。她衝向他身旁，以為他需要幫助。「妳看上面，法官，很漂、漂亮對吧？」

秋季天空高處，有一群野雁排成V字往南飛。對，確實是很美麗的畫面。

「那些是野雁。」法官解釋。

「加、加拿大雁。」克里斯多斯回答。

法官對他刮目相看，不過她有工作要做。她彎腰撿起剪報，看到了山姆·威斯汀的臉。那是他十五年前拍的照片，眼神銳利，留著凡·戴克式的鬍子，短短的鷹勾鼻（和小龜很像）。棺材內的蠟像是按照他以前的形象塑造的，跟十五年前的他一模一樣——不是他現在的樣子。她翻找了一下檔案夾，沒看到近期的照片、就醫紀錄、死亡證明，只有州公路警察的車禍報告：席尼・塞克斯壓斷了腿，山姆・溫・威斯汀的臉受了重傷！臉部重傷！消失十五年的是那張臉，不是那個男人。威斯汀換上了不一樣的臉，用整形手術重建的臉。臉換了，名字也換了。

現在該怎麼辦？她凝視著別人託給她的男孩。窗邊的克里斯感受到她的視線，轉過身來。他的笑容真迷人。

⋮

「希望你補牙的技術比做假牙好。」小龜緊抓著牙醫診所的椅子扶手。牆邊玻璃櫃裡有三個假牙對著她咧嘴笑，一個爛牙、一個齒列不整、一個有鋸齒缺口。

「這些缺陷會讓假牙看起來更真實。」牙醫解釋：「沒有任何自然物是完美的，妳知道吧。現在張大妳的嘴巴，再大一點。」

「噢！」探針碰到牙齒前，小龜就大叫了。

「放輕鬆，小朋友。我要妳說『噢』的時候再說。」

小龜試著把心思放到其他事情上。假牙，暴牙——一嘴爛暴牙的巴尼・諾思魯普，今天早上繞過來告訴韋克斯勒家，他們得賠償炸彈造成的所有損害。他說她爸媽「不負責任」，還用很糟的詞彙說她，糟透了。他肯定被那一踹嚇了一大跳，她從來沒用過那麼大的力氣。

「妳現在可以說『噢！』了。」牙醫移走她肩膀上的毛巾。小龜用舌頭碰觸鑽過的牙齒。她還沒有感覺，不過真正的疼痛也還沒來。芙蘿拉．波拜克準備帶她去美容院，剪掉燒焦的頭髮。

⋮

來自五州的大學運動員，在本季第一場室內田徑賽齊聚，準備一較高下，結果最重要的項目「一英哩賽跑」，第一名竟然被一個高中生拿下了。

「那是我兒子，那是我家道格！」胡先生呼喊著，和成千上萬人一同為抵達終點後仍不斷奔跑的年輕人喝采。

閃光燈閃個不停，道格擺出上相的姿勢，露出大大的微笑，食指高指天空。「全都要歸功我爸。」他對記者說，然後伸手搭住胡先生的肩膀，閃光燈又開始閃爍，胡先生可得意了。等著看下次奧運吧，這位發明家心想。道格只要有他的腳和我的鞋墊，就能徹底擊敗所有人。

當天晚上，胡太太說出一串旁人無法了解的中文，表示她希望道格帶著他的獎牌前往威斯汀宅。她踮起腳尖，將緞帶掛到他彎低的脖子上，拍拍他胸前閃亮的金牌。「好孩子。」她用英文說。

⋮

悲傷的山迪回到4D。「嗨，克里斯。法官，妳跟他談過了嗎？」

「跟誰？」

「巴尼．諾思魯普。我從田徑大會回來的時候，發現他在前門等著，氣得像掉到水裡的貓。他說收到很多關於我的客訴——從來不好好工作，工作時喝酒——這類的謊話。他當場開除了我。我跟他說妳會見他，想說妳搞不好會幫我說句好話，讓我保住工作。」

「麥索瑟先生，我沒跟他講到話。很抱歉，我租下這公寓後就再也沒見過巴尼．諾思魯普了。」巴尼．諾思魯普是威斯汀的化身嗎？假暴牙，油亮的黑假髮，貼上去的鬍子？

「嗯，這不是我第一次平白無故被開除了。」沮喪的門房用威斯汀男用手帕用力擤了鼻子。「嘿，克里斯，我敢說你一定不知道紅頭啄木鳥的拉丁文名字。」

那可難了，克里斯得用非常慢的速度念出*Melanerpes erythrocephalus*。

「法官，這孩子很聰明吧？克里斯，我和法官有些事要討論，等等就回來。」

福特法官和門房在廚房碰頭。「麥索瑟先生，我們的計畫是這樣的，不要給答案。不給任何答案，保護威斯汀的前妻是我們的責任。」

「妳是說可洛？」山迪猜測。

「沒錯。」

「還有件事讓我很煩惱，法官。我知道說這話很像我瘋了，不過呢，呃，我發現奧提斯．安柏並沒有住在雜貨店地下室，他也不像他裝出來的那麼呆。他愛管閒事又製造麻煩，我覺得他不是普通的送貨員，不是他宣稱的那樣。」

「那你認為奧提斯．安柏是？」法官問。

「山姆．威斯汀！」

福特法官湊向洗手臺，把頭靠在櫃子上。如果山迪說得對，那她就落入那男人——山姆．威斯汀的圈套了。

⋯⋯

「來啊，可洛，妳每次都喜歡早到幫人開門嘛。」

可洛在陡坡中央停下來，仰頭盯著威斯汀家。「奧提斯，我有個奇怪的感覺，好像有什麼邪惡的東西在上頭等著我。奧提斯，那是個很糟的房子，充滿悲慘和罪惡。他還在那裡，你懂我意思吧。」

「山姆．威斯汀已經死了，下葬了。來吧，如果我們不去就得還錢，但那筆錢已經用在慈善廚房了。」

「我感覺得到他的存在，奧提斯。他在尋找謀殺犯，殺死薇歐莉特的凶手。」

「別再用那些瘋瘋癲癲的想法嚇自己了，聽妳說這些，我還以為妳又開始喝酒了。」

可洛邁開大步前進。

「我沒那個意思，可洛，真的。妳看看那月亮，很浪漫不是嗎？」

「奧提斯，某人的處境很危險，我認為那個某人就是我。」

23◆奇怪的答案

奧提斯跳著舞進入遊戲室時，普拉姆律師和其中一組繼承人已經到場了。

「呵呵呵，小龜的辮子沒了，這樣啊。」

小龜坐在椅子上，往下滑得低低的。芙蘿拉．波拜克認為她俐落的短髮很可愛，尤其是往前蓋住下巴的模樣。不過小龜不希望自己可愛，她想表現出精明的模樣。

裁縫師撥開手提袋裡的一堆錢，尋找東西。「有了，愛麗絲，妳一定會想看看這個。」

小龜瞄了一眼老舊的快照，是波波，沒錯，不過是比較年輕時的她。一樣的愚蠢微笑。突然，她坐挺了身體。

「這是我女兒，羅莎莉。」芙蘿拉．波拜克說：「那一定是她九歲或十歲的時候拍的。」

羅莎莉矮胖結實，有斜視，吐出的舌頭大得跟嘴巴不成比例，頭撇向一旁。「波波，要是能認識她，我一定會喜歡她的。」小龜說：「羅莎莉看起來非常開心，跟她相處一定很棒。」

咚咚，咚咚。「受害者來囉。」賽德爾．普拉斯基宣布。

安潔拉揮動她布滿緋紅色疤痕、正在癒合的手，向妹妹打招呼。小龜已經說服她不要自首了：那會留下犯罪紀錄，會讓她們的媽媽活不下去，而且也沒人會相信。「我喜歡妳的髮型。」

「謝啦。」小龜回答，現在安潔拉得永遠愛她了。

大多數繼承人對小龜的髮型都有評論。「妳看起來像真正的商界女強人。」山迪說。「嗯，有進步了。」丹頓．迪爾說。「妳看起來很、很棒。」克里斯說。只有席歐在西洋棋盤前低著頭，什麼也沒說。上次集會後，白方移動了國王的主教，現在輪到他了。

眾人的目光終於從小龜的頭髮移到更驚人的畫面上。福特法官像非洲公主般莊嚴的進門，高貴的頭上纏著頭巾，高大的身體上披著好幾碼長的手染布料。她塞了張紙條給丹頓．迪爾，然後飄到她的四號桌去。戴著護目鏡的奧提斯．安柏說不出話，其他人也是，只有山迪例外。「唉唷，法官，好漂亮的打扮，這就是所謂的民族風嗎？」

法官沒回答。

歡呼吧，本地英雄到場了！道格舉起雙手，食指指著斑駁的鍍金天花板，擺出「叫我第一名」的手勢，他還在房間內跑了一圈，以勝利者繞場的方式接受大家的掌聲。

「韋克斯勒夫婦來了。」胡先生表示，並帶著他困惑的妻子在第一桌入座。

小龜緊張的和安潔拉對看一眼。她們上次見到媽時，她哭到頭都快斷了，如今她失焦的眼睛四周已無淚水，但她腳步蹣跚、咯咯笑著，頭髮一團亂。

「抱歉，我們遲到了。」傑克道歉：「我們沒注意到時間。」他們在一家小咖啡店（他們結婚前常去）喝酒，一再輕叩紅酒杯，敬過去的美好時光。似乎一起度過了許多愉快的時間，共有許多歡樂的記憶——他們足足喝了三瓶。

開心的葛蕾絲向繼承人們揮手，她感覺棒極了，心中對傑克、對所有人的愛湧了出來。

「嗨，媽。」小龜呼喚。

葛蕾絲對年幼的短髮女孩眨眨眼。「那是誰？」

傑克向他的搭檔打招呼：「真是美好的一天，妳過得好嗎？」

「道格贏了。」胡太太回答。

緊綳又憂慮的可洛為最後一組繼承人開完門後，在奧提斯．安柏旁邊坐下。她受到鬼魂的威脅，等待著看不見的存在來臨。

「嘿，律師，我們可以打開這個嗎？」奧提斯．安柏大喊，揮動信封。每張桌子上都放著類似的信封。

普拉姆的額頭皺了起來，透露出不知所措。他翻了翻自己的文件，然後發表意見。「應該可以吧。」

繼承人抽出支票，爆出一陣陣歡呼。

福特法官再度在一萬美金支票上簽名，然後遞給門房。「給你，麥索瑟先生，這應該可以讓你在找到工作前熬個一陣子。」

山迪發自內心感謝她，但被賽德爾．普拉斯基發出巨大的「噓——」聲蓋了過去。

「噓——！」葛蕾絲．韋克斯勒模仿她，然後趴到桌上，在律師清喉嚨的聲音中睡著了。

十二、歡迎再度回到威斯汀宅。你們現在已收到了第二張一萬美金支票。在今天結束前，你們還可能贏得更多、更多的獎金。

繼承人請一桌一桌、一組一組輪流說出你們的答案，唯一的答案。律師會記下你們的回答，以免日後起了爭議。他不知道答案，一切都靠你們了。

第一組：桑林．胡太太，廚師
傑克．韋克斯勒，組頭

組頭？他簽那張單子時一定很心不在焉。傑克細看桌上的五條線索。

的　美利堅　與　神　上
OF　AMERICA　AND　GOD　ABOVE

他知道太太的線索是什麼，但還是沒有幫助。他只能閉著眼隨便矇了。「說點什麼吧。」他對搭檔說。

「轟！」胡太太說。

普拉姆寫下：一號桌——轟。

第二組：芙蘿拉・波拜克，裁縫師
　　小龜・韋克斯勒，金融家

小龜念出她預先準備好的聲明：「儘管股市在我們收到一萬美元以來跌了三十點，但我們還是將資本增加到一萬一千五百八十七點五美元了，若以年度基準計算，增幅是二十七點八個百分點。」

芙蘿拉・波拜克將一疊鈔票放在桌上，再加上兩個噹啷響的二十五分硬幣。「現金。」她說。

普拉姆要求她們重述答案。

「二號桌的答案是一萬一千五百八十七點五美元。」

山迪歡呼，小龜鞠躬。

第三組：克里斯多斯・席歐多拉基斯，鳥類學家
　　丹頓・迪爾，實習醫生

鳥類學家？這個氣派的頭銜一定是他哥簽收時給他的。也許他總有一天會成為鳥類學家，他運氣很好，得到了藥物和其他幫助。他不想控訴任何人，福特法官（4D）、奧提斯（穀物）．安柏、跛腳者（幾乎所有人都在某段時間跛過腳——今天山迪就跛腳），都不是他想要指控的人。「我認為威斯汀先生是個好、好人。」克里斯大聲說：「我認為他最後的心願是做好、好事。他給、給了我一個搭檔，讓他幫助我。他給、給了每個人最適合的搭檔，讓大家可以交、交朋友。」

「三號桌的答案是什麼？」律師問。

丹頓．迪爾回答：「我們的答案是：威斯汀先生是個好人。」

第四組：荷西——喬．福特，法官

亞歷山大．麥索瑟，被開除了

「我們沒有答案。」前任門房按照計畫給出這個答案。

法官看著三號桌。丹頓．迪爾手中握著她的紙條，對她搖搖頭，意思是：不是，奧提斯．安柏臉上沒有整型的痕跡。法官轉頭看六號桌，奧提斯．安柏不可能是山姆·威斯汀（她信任他是正確的）。不過可洛一副大難臨頭的模樣，她知道自己就是遊戲的答案。

第五組：葛蕾絲·溫克洛普·韋克斯勒，餐廳業者
　　　詹姆斯·胡，發明家

葛蕾絲抬起頭來。「有誰說溫克洛普嗎？」

「別在意什麼溫克洛普，輪到我們了。」胡先生咆哮。律師搞混了名字和頭銜，而自己得到一個酒鬼搭檔。他催葛蕾絲站起來。

一張張臉孔旋轉著，地面搖擺。葛蕾絲抓住飄浮的桌子邊緣，用粗啞又含糊的嗓音說：「重新裝潢的運動員餐廳『胡在一壘』，將在週日盛大開幕，當日特餐：水果海鱸乘紫波。」

葛蕾絲往沒有椅子的地方坐下。小龜倒抽一口氣，安潔拉別過頭，傑克扶妻子起身，其他繼承人竊笑著。

「五號桌請給答案？」律師催促。

「普拉姆。」胡先生說。

「怎麼了，先生？」

「那就是我們的答案，普拉姆。」

「喔。」

第六組：柏斯．愛麗卡．可洛，母親
奧提斯．安柏，送貨員

「母親？我寫了母親嗎？」可洛喃喃自語。

「那是你們的答案嗎？」普拉姆問。

「我不知道。」奧提斯．安柏回答：「『母親』是我們的答案嗎，可洛？」他很確定她第二次在單子上簽的仍是善救世慈善廚房，他可以對天發誓。

可洛重複念著「母親」，而律師寫下這個字，作為他們的答案。

第七組：道格．胡，冠軍
席歐．席歐多拉基斯，作家

他們的線索變成了一個爆裂物的化學式，還有o、t、i、s四個字母。道格沐浴在勝利中，完全不在乎遊戲。席歐起身，面向他準備指控的男人，但慈善廚房的畫面浮上眼前，他看到奧提斯・安柏在幫骯髒、挨餓的人煮飯。「我們沒有答案。」席歐說完，然後坐下。

第八組：賽德爾・普拉斯基，受害者
安潔拉・韋克斯勒，人

賽德爾為今天的場合穿上紅白線條的衣服，手倚的拐杖塗成了藍色原野加上白色星星，搭配她腳踝上的石膏。她對著定音管哼歌，然後用高一個全音的調子開始唱：

喔，美麗的廣闊天空
穀物的琥珀波浪
那結實的平原之上
有紫山雄偉

她真是個奇觀。屁股挺得高高的，唱的歌完全不成調子，鼻音重極了。那些帶著嘲弄意味的微笑很快就消失了，繼承人一組接著一組，發現自己的線索被唱了出來。

美利堅！美利堅！
上帝賜恩於汝，
以兄弟情誼為汝加冕
閃耀雙海。

「好美的歌啊。」葛蕾絲．韋克斯勒含糊的說，不過其他人都沉默而嚴肅的坐著，就連小龜也認為八號桌贏了。

「妳們的答案是什麼？」普拉姆問。

「我們的答案，」賽德爾．普拉斯基以十足的把握宣布：「是奧提斯．安柏。」

繼承人耳聽律師誦讀下一份文件，眼睛卻都盯著八號桌的答案：奧提斯．安柏。

十三、好了，各位，接下來會有一小段休息時間，之後才會宣布大獎得主。

柏斯．愛麗卡．可洛，請起身到廚房拿點心。

可洛起身，恐懼令她暈眩。第十三點，十三是不祥的數字。福特法官要山迪跟她過去。「嘿，可洛，老朋友，幫我個忙，裝滿它吧。」他們走出門口的路上，山迪把自己的隨身酒壺遞給她。「我明天就戒酒，我保證。」

安潔拉也離開房間了，可洛的恍惚狀態令她很擔心。小龜跟著安潔拉，以免她又跑到放爆竹的房間。法官還是坐在原地，看著剩下的繼承人，他們都看著奧提斯．安柏。送貨員受不了他們的懷疑，伸出食指左右掃動，模仿機關槍的聲音：「噠噠噠噠噠。」

可洛和安潔拉帶著兩個大托盤回來，小龜則是兩手空空，看起來有點困惑但放心多了。

法官來到丹頓．迪爾、克里斯所在的第三桌，端著一小盤蛋糕。「就我目前的觀察，沒有繼承人動過整型手術。」實習醫師表示：「不過妳的搭檔絕對有可能動過。」

山迪．麥索瑟倚靠著門口，法官盯著那張拳擊手的臉。兩人視線相接，他舉起隨身酒壺致意。「有誰要喝一口嗎？」

「當然好。」葛蕾絲．韋克斯勒咯咯笑著回答，不過傑克給了她一杯很濃的黑咖啡。

「麥索瑟先生，我們一定要臨危不亂才行。」福特法官走向他。「山姆．威斯汀還沒下他的最後一步棋。」

「沒有比蘇格蘭威士忌更能保持思路清晰了。」他回答後喝了一大口酒，咳了幾下，用制服袖口擦擦嘴，然後瞇起眼睛瞪著可洛。

席歐低頭對著棋桌咧嘴笑。白方又動了棋子，很大意的一步。他舔掉手指上的蛋糕屑，用威斯汀茶巾擦擦手，然後吃掉對手的皇后。至少他贏了這盤棋。

年輕的律師窩在八桌角落，試圖跟安潔拉搭話，忽略兩度發問的賽德爾．普拉斯基。「普拉姆先生，你當然有答案對吧？」她推了推自己的搭檔。

「普拉姆先生，你當然有答案對吧？」安潔拉以甜美的語氣重問了一次。

「喔，當然了，至少我認為我有。」他回答：「我收到的指示是在預先安排好的時間一一打開文件。」他看了一眼手錶。「喔！」他慢了一分鐘。

普拉姆連忙趕到撞球桌那裡，拆開下一個信封取出文件，結果手指被紙緣割到了。

十四、去圖書館。別多問，照做。

24◆錯，全都錯

葛蕾絲·韋克斯勒搖搖晃晃的攀著胡先生的手。「我們要去哪裡？」

「誰知道。」胡先生回答：「我們甚至不能過問。」

每個人都跟自己的搭檔一起坐在圖書館的長桌前，不耐的哀號，看著普拉姆開啟另一個信封，取出一把附標籤鑰匙圈的鑰匙，試圖開啟桌子右上角的抽屜，接著重看了一下標籤，才去開左上角的抽屜，發現了下一份文件。

十五、錯！所有的答案都錯！

「什麼！」賽德爾·普拉斯基大喊。

我重複一次：錯，所有答案都錯！搭檔關係解除，所有人都得靠自己了。一個人玩。

律師將會離開現場，並在指定時間帶著執法人員回來。

時間不夠了，快點，在凶手謀殺下一個人之前，找出那個名字。記住，

你們有的不算數，沒有的才算。

胡太太看大家遊移的眼神，知道房間裡有壞人。她就是那個壞人，他們遲早會發現的。那個拐杖小姐把筆記本拿回去了，不過她還留了一些漂亮的小東西想賣，而他們要把那些東西也討回去。她會被處罰的，快了。

「我們有多少時間？」小龜問。

普拉姆沒回答就離開了圖書館，還鎖上了門！

「喔，天啊！」芙蘿拉．波拜克跑向落地窗，還能開。

普拉斯基抱怨風很冷，芙蘿拉只好關上門，不過她沒上鎖，以防萬一。

胡先生說茶的味道很怪，也許他們全都被下毒了。丹頓診斷他有妄想症。

門房在房間內踱步，並回了一句：得知凶手會再度行凶卻不會陷入猜疑的人，絕對是瘋了。他停下來拍拍小龜垮下的肩膀。「開心點，我的朋友，遊戲還沒結束呢。」山迪輕聲說：「妳還是有機會，我希望妳贏。」

奧提斯．安柏叫每個人都坐在他視線範圍內。

席歐起身。「我認為大家現在應該要組成一支隊伍玩下去，共享線索和遺產。」

和謀殺犯共享？嗯，好吧，同意。

賽德爾．普拉斯基還是認為解答跟〈美麗的美利堅〉有關。「有誰的線索不是出自那首歌的歌詞嗎？」

「我不確定。」道格淘氣的說：「再唱一次。」

沒人在意那個提議。「你們有的不算數，沒有的才算。」傑克提醒大家：「也許歌詞裡的某些字不是線索。」

有道理。「誰手上有**琥珀（amber）**嗎？」胡先生問。

「又來了。」奧提斯．安柏（Amber）發牢騷：「你們都聽到遺囑說什麼了，所有答案都不正確，嗯，而我是其中一個錯誤答案。」

「但威斯汀先生是在遊戲開始前寫下遺囑的。」賽德爾爭論：「也許他認為我們不夠聰明，沒辦法很快逮到你。」

福特法官沒插嘴（奧提斯．安柏自己挺得住），時機來臨時，她得為可洛辯護。

可洛低頭坐著，等待那一刻。

沒有人有琥珀，但其中兩組人有**是**（**am**）。「兩個『是』無法拼成琥珀。」賽德爾斷言：「那兩個『是』代表的是**美利堅**（**America**），美利堅。」

「我手上有美利堅，」傑克・韋克斯勒大喊：「我手上有美利堅。」

瘋子的鬼叫，胡先生心想。會是他嗎？那個足科醫師？

傑克用更冷靜的聲音解釋：「那兩個『是』不可能代表美利堅、美利堅，因為我的其中一個線索就是美利堅。」

山迪起身，拿起隨身酒壺灌了一大口酒，然後用粗啞的聲音說：「這樣沒完沒了，我們何不把所有人的線索都交出來，讓普拉斯基小姐排列順序，看缺少的到底是什麼？」

法官瞇起眼睛，懷疑的看著山迪蒐集線索。「再寫一次就是了。」他對吃掉原始線索小龜說。接著他將方形紙片放到祕書面前，回到座位上。她的搭檔在做什麼？他為什麼要落入威斯汀的圈套？他知道答案，他知道自己會引導繼承人解出「可洛」這個答案。法官再度細看門房那傷痕累累的臉：疤痕，歪掉的鼻子，膠帶貼起的眼鏡下，那對冷酷的藍眼睛，鬆垮的制服。每個人都獲得了完美的搭檔，克里斯說得對。她的搭檔有能力搞亂她的計畫、操弄她的行動，使她遠離真相。她的搭檔，山迪・麥索瑟，是她唯一沒做身家調查的繼承人。她的搭檔，山迪・麥索瑟，就是山姆・威斯汀。

⋮

祕書迅速的排列好線索：

喔　美麗的廣闊天空
穀物的琥□波浪
□結實的平原之上有紫山雄偉
美利堅　美□□
上帝賜恩於汝
以兄弟情誼為汝□冕
閃耀雙海

O BEAUTIFUL FOR SPACIOUS SKIES
FOR AM　WAVES OF GRAIN
FOR PURPLE MOUNTAIN MAJESTIES
ABOVE　FRUITED PLAIN
AMERICA AM
GOD SHED HIS GRACE ON THEE
AND　N THY GOOD WITH BROTHERHOOD
FROM SEA TO SHINING SEA

「缺漏的字是，」賽德爾・普拉斯基宣布：「珀（ber）、那（the）、利堅

（erica）、加（crow）——柏斯．愛麗卡．可洛（Berthe Erica Crow）！」

可洛臉色發白。

福特法官站了起來：「可以請大家聽我說話嗎？謝謝。接下來我要說的話，請大家仔細聽好了。

我們解開了山姆．威斯汀的謎題，接下來該怎麼做？別忘了，我們沒有任何證據證明這位不幸的女子是犯人，甚至沒有證據證明山姆．威斯汀已經被謀殺了。

謀殺案存不存在都尚未獲得證明，我們可以指控這位無辜女性嗎？可洛是我們的鄰居，幫了我們很多忙。我們該為自己的貪念害她終生監禁嗎？就為了可信度低又違法的遺囑說要給我們錢？如果這樣，我們犯的罪比她受到的指控還要嚴重多了。柏斯．愛麗卡．可洛唯一的罪，就是她的名字出現在那首歌中。而我們的罪是出賣——是的，我說出賣，出賣無辜、無助的人類換取利益。」

法官停頓了一下，讓大家消化她的發言，然後轉頭面對她的搭檔。她的聲音變得無情：「至於這邪惡遊戲的主宰者……」她打住了。他怎麼了？

「呃——呃——呃啊！」山迪用手抓住自己的喉嚨，掙扎著站起身，臉紅氣喘，接著倒在地上眼球外凸，看起來痛苦極了。

傑克．韋克斯勒和丹頓．迪爾連忙去幫他。席歐用力敲門求救，普拉姆開了門，兩個陌生人從他身旁衝進室內。其中一個人提著醫生包，跛腳迅速移動到痛苦掙扎的門房身旁。「我是塞克斯醫師，請大家退開。」

繼承人聽到低沉的哀號，接著是刺耳的嘎嘎聲……接著什麼都沒了。

「山迪！山迪！」小龜尖叫，推開攔住她的手。她低頭看著在自己腳邊攤成大字的門房，他的表情因劇痛而扭曲，大張的嘴巴露出缺損的門牙，膠帶貼起的眼鏡掉了，藍眼珠瞪視著，但他什麼也看不到。他的身體因最後一次劇烈的抽搐而打直，他的右眼閉上又睜開一次，接著他再也不動了。

「他死了。」塞克斯醫師說，輕輕將小龜轉向一旁。

「死了？」福特法官麻木的說。她怎麼會錯成這樣？錯得這麼離譜？

小龜發出痛徹心扉的哭泣，衝向波波的雙臂中接受撫慰。「波波，波波，我不要玩了。」

⋮

第二個陌生人是威斯汀郡的警長，他把大家趕回遊戲房。繼承人沒多想，就坐到遺囑幫他們指定的桌子去了。

小龜安靜的坐著，現在輪到芙蘿拉．波拜克哭了。可洛靜候結果，只有她緊握雙手以跳動的血管表達她內心的折磨。

「先生，不好意思。」愛德．普拉姆說：「我明白這要求可能很不恰當，但山姆．威斯汀的遺囑要求我在這一個小時念另一份文件。」

警長看了一眼手錶。這是什麼瘋人院？這菜鳥律師也很可疑，在我晚餐吃到一半打電話過來，堅持要我趕到這裡。那是半小時前的事，當時根本沒人死掉。

「念吧。」他嘟噥。

普拉姆在警長懷疑的瞪視下清了三次喉嚨。

> 十六、我是威斯汀鎮的山姆．溫．威斯汀，出生名山姆．溫迪．溫克洛普，故鄉是水鎮（我不得不為了商業考量改名，畢竟誰會買溫克洛普衛生紙？你會想嗎？）。我在此宣布，遊戲若無人獲勝，本遺囑便失去法律約束力。
>
> 所以你們要快，要快，要快。挺身而出，領你們的獎賞。律師會倒數五分鐘。祝你們幸運，七月四日國慶快樂。

「溫克洛普，有誰說溫克洛普嗎？」葛蕾絲．韋克斯勒含糊的說。

「我就知道威斯汀不是移民者的姓氏。」賽德爾．普拉斯基說：「我早就知道了。」

「那個男人瘋了。」丹頓．迪爾宣布他的診斷。

噓！他們在和自己的良心角力，只要說出她的名字，就能拿到好幾百萬美元。

一分鐘過了！

繼承人盯著答案：柏斯．愛麗卡．可洛。宗教狂熱，甚至可能有點瘋癲，但她會是謀殺犯嗎？法官說他們沒有證據可證明威斯汀遭到謀殺。

可洛等待著。她為原罪受的苦還不夠多，她還沒有開始贖罪。

兩分鐘過了！

兩億美金，小龜心想，但誰會拿到這筆錢？律師念的最後一段遺囑並不怎麼有條理。再說，要她密告別人是不可能的，就算對方是可洛也一樣。誰還管這些事呢？山迪死了，山迪是她的朋友，如今她見不到他了，永遠見不到了。

福特法官試著不去看她這張桌子的空位，麥索瑟的位子。她只擔心可洛的安危。她看著繼承人，等待著。可洛也等待著。

三分鐘過了！

法官說威斯汀不是被謀殺的，那山迪呢？他原本喝著可洛倒進隨身酒壺的東西，結果就噎死了。那是毒藥嗎？

可洛感覺到他人的視線，帶著恨意的視線。他們嘲弄她的信仰，把她的慈善廚房當成笑話。在這麼多人之中，她只在乎兩個人，她受夠了，受夠了等待，等夠了。

四分鐘過了！

「答案是柏斯．愛麗卡．可洛。」

「不。」安潔拉大喊：「不，不！」

「她瘋了。」奧提斯．安柏大吼：「她不知道自己在說什麼。」

「奧提斯，我很清楚。」可洛平靜的重複她那番話。「答案是柏斯．愛麗卡．可洛。」她起身，轉向困惑的律師。「我就是柏斯．愛麗卡．可洛。我是答案，也是贏家。我要把遺產的一半交給奧提斯．安柏，供善救世慈善廚房使用，剩下的錢給安潔拉。」

25 ◆ 威斯汀的守靈會

山迪死了，可洛遭到逮捕。剩下的十四個山姆．威斯汀繼承人坐在福特法官的客廳裡，想搞清楚到底發生了什麼事。

「起碼我們不用背負罪惡感。」胡先生說，試圖說服自己的潔白良心值兩億美金。

「可洛要坐牢了。」奧提斯．安柏號啕大哭：「結果你們什麼也沒做，只顧著稱讚自己沒打小報告。」

「我提醒你，可洛是自首的。」賽德爾．普拉斯基說。

「可洛只承認自己是遊戲的解答，不代表什麼。」安潔拉按著臉頰，傷口帶來撕扯的疼痛。

「假設山姆．威斯汀真的沒被謀殺好了，就像法官說的那樣，」道格．胡爭論：「山迪在喝可洛倒進隨身酒壺的飲料前，可是好端端的啊。」

「如果可洛是無辜的，」席歐說：「就代表謀殺犯還在這房間裡。」

芙蘿拉・波拜克抱緊她懷中的小龜。

「可憐的可洛，」奧提斯・安柏念念有詞：「可憐的可洛。」

「你應該要說可憐的山迪。」小龜憤怒的回答：「山迪才是死掉的人，山迪是我朋友。」

「妳應該要在踢他前想起這件事。」丹頓・迪爾評論。

「我從來沒踢過山迪，從來沒有。」

椅子上的實習醫師往一旁側身，提防攻擊，不過愛踢人的小龜還是頹喪的一動也不動。「呃，今天有人踢了他，他小腿上有個嚴重的瘀青。」

「你說謊，噁心的謊。」小龜大吼：「我今天唯一踢的人是巴尼・諾思魯普，他活該。晚上在威斯汀宅碰面前，我根本沒遇到山迪。對吧，波波？」

「對。」芙蘿拉・波拜克遞了一張威斯汀面紙給小龜。

不過小龜並不打算在所有人面前再哭一次，她不是小孩。要是她能忘記山迪受苦、垂死的樣子該有多好——身體扭曲，缺牙，恐怖的抽搐，那隻眼睛（最恐怖的部分），眨動的眼睛。他生前總會像那樣對她眨眼，生前。小龜用力擤鼻子，不讓自己繼續啜泣。

「山迪也是我的朋友。」席歐說：「我在遊戲房和他下了西洋棋，我的對手是他，不過他以為我不知道。」

「為什麼大家都要說謊。」小龜在芙蘿拉．波拜克的懷裡陷得更深了。山迪是她的朋友，不是席歐的，而且山迪不會下西洋棋。

法官也吃了一驚。「席歐，你為何確定你的對手是麥索瑟先生？」

「搭檔的用途就在這。道格之前幫我盯著棋盤，看誰動了白棋。」席歐回答。

田徑明星再度高舉他的食指，叫我第一名。

蠢運動員，胡先生心想，他難道沒發現此刻等於是在守靈嗎？不過他是個冠軍，我兒子是冠軍。

「道格贏了。」胡太太說。他們不再懷疑她了，好，非常好。不過門房的事真是太令人難過了。

席歐用哀悼的語氣說：「不過我還是很欣慰，在我走完下一步之後山迪無法回到棋局，他永遠不會知道自己輸了。」

「你將軍他了嗎？」法官問。她對麥索瑟的猜測是正確的嗎？不對，偽裝是一回事，山姆．威斯汀下西洋棋有可能輸嗎？永遠不可能。

「呃，不算將軍。」席歐回答：「不過山迪只能放棄，因為我吃了他的皇后。」

犧牲皇后！山姆・威斯汀著名的陷阱。福特法官現在確定了，不過有些問題還沒有獲得解答。「很遺憾，席歐，貪婪擊敗了你。你吃掉皇后就中計了，防線大開。我會知道，是因為我那樣輸過他。」

席歐回想棋子的位置，慶幸自己皮膚夠黑，臉紅也不會被發現。

小龜幾乎要露出微笑了。席歐以為自己很聰明，嗯，結果山迪讓他出糗了，用西洋棋打敗了他。可是山迪不會下西洋棋啊，她也從來沒踢過他。她今天踢的是暴牙的巴尼・諾思魯普，不是山迪。但山迪的小腿很痛。暴牙，缺牙，牙醫（山迪的牙醫）診所的變形假牙。「開心點，我的朋友，遊戲還沒結束呢。妳還是有機會，我希望妳贏。」這是山迪對她說的最後一句話，說話時還眨了眼。眨眼！單眼眨眼！死去的山迪對她眨了眼！他眨眼了！

「喔，天啊。」芙蘿拉・波拜克驚呼一聲，因為小龜竄出了她的懷抱。

「安潔拉，我可以看妳手上那份遺囑嗎？」

安潔拉遞給她。（不管妹妹說什麼，她現在都不能拒絕了。）

⋯⋯

小龜靠著黑色的窗玻璃，鑽研賽德爾・普拉斯基的遺囑抄本。

一、我回家是為了活在朋友與仇敵間，尋找我的繼承人，我明白這麼做將遭逢死劫，但我還是如此進行。

「尋找繼承人。」小龜重念了一次。

今日，我將我最親近、親愛的十六個姪子、姪女召集至此（請坐下，葛蕾絲．溫瑟．韋克斯勒！）讓大家見山姆大叔的遺體最後一眼。

明天，我的骨灰就會乘風飄散四方。

風（winds）？「溫克洛普（Windkloppel）。」小龜大聲說。她母親真的跟山姆．威斯汀是親戚，她一直都沒說錯。

「溫克洛普。」葛蕾絲口齒不清的說，傑克拍拍她的頭。

「溫克洛普。」法官也跟著複述，至少她能解釋這個部分。「可洛嫁給了姓溫克洛普的男人，後來他改姓為威斯汀。柏斯．愛麗卡．可洛是山姆．威斯汀的前妻，兩人生了個小孩，是女兒。她在結婚前一晚溺死，有傳言說，她寧願自殺也不要嫁給媽媽幫她選的結婚對象。如果山姆．威斯汀把女兒去世這筆帳記在妻子頭上，那這個遊戲只會有一個目的，就是懲罰可洛。」

可洛是山姆．威斯汀的前妻？繼承人們不敢置信。「為什麼威斯汀先生要給她繼承遺產的機會？」席歐問。

「也、也許他希望他的敵人原、原諒他。」克里斯說。

「哈！」他的其中一個敵人胡先生笑了。

小龜繼續念：

二、我，山姆．溫．威斯汀在此對天發誓，我絕非自然死亡。我的生命是被奪走的——被你們其中一個人奪走的！

警方幫不上忙。犯罪者太狡猾了，即使做出下賤行徑也不會被逮捕的。

「下賤是什麼意思？」

「喔，天啊。」芙蘿拉．波拜克聽到傑克將那個字定義為「膽小」時，鬆了一口氣。

我，只有我，知道凶手的名字。現在輪到你們行動了，驅逐罪人，令此人現身認罪。

三、你們之中，有誰夠格成為威斯汀的繼承人？幫幫我。在正確的人現身前，我的靈魂將不得安息。

山迪死後，小龜首度露出了笑容。

法官目光呆滯的坐著，陷入沉思，雙手手肘撐在桌面上，下巴靠著交握的雙手。可洛到底為什麼成了繼承人？山姆．威斯汀不將她列為繼承人，也有辦法讓線索指向日落塔的女清潔工。

「可洛什麼也繼承不了，如果她被判刑坐牢的話。」奧提斯．安柏不滿的抱怨。「你們只顧著談西洋棋和犧牲皇后，可洛才是被犧牲的那一個。」

「你說什麼？」法官問。

「我說，可洛才是被犧牲的那一個。」

福特法官發出低沉的痛苦呻吟，雙手抱頭。犧牲皇后！她又掉進陷阱了。威斯汀犧牲了他的皇后（可洛），使所有玩家分心，無暇注意真正的遊戲。山姆．威斯汀死了，但他會設法下他最後一步棋。她很清楚，她從頭到腳都籠罩在那感覺之中。「太蠢了，太蠢、太蠢了！」

繼承人驚訝的瞪著她。首先他們得知山姆．溫．威斯汀的前妻是一個清潔工，接著法官又罵自己蠢。這不可能是真的。

「山姆．威斯汀不蠢。」丹頓．迪爾斷言：「他是瘋了。遺囑的最後一部分根本是胡言亂語。他說七月四日國慶快樂，但現在是十一月。」

「今天是十一月十五日。」奧提斯．安柏說：「可憐的可洛的生日。」

原本盯著遺囑的小龜抬起頭來。可洛的生日？山迪為他妻子的生日準備了一根條紋蠟燭，燃燒時間三小時。遊戲還在進行！山姆．威斯汀回來尋找他的繼承人。「妳還是有機會，我希望妳贏。」他說。怎麼贏？該怎麼做呢？你擁有的不算數，你沒有的才是重點。她很快就會發現自己沒有什麼了，不管那到底是什麼，她也不會讓其他人看出她在找什麼。「福特法官，我想傳喚我的第一個證人。」

26 ♦ 小龜的審判

胡先生氣炸了。「我們還沒玩夠嗎？」他抱怨：「而且偏偏是一個炸彈客在帶頭。」

福特法官用法官槌敲桌要求大家安靜，那槌子是她接受最高法院任命時從同事那裡收到的禮物。最高法院？這是她主持過最低階的法院：十三歲的律師，用波蘭文紀錄會議的法庭速記員，一個穿非洲衣袍的法官。喔，好吧，她玩完山姆·威斯汀的遊戲，現在要玩小龜的遊戲了。相似性真是驚人，小龜不只看起來像山姆大叔，舉手投足也像他。

「各位先生女士，」小龜開口了：「我要在法庭上證明山姆·溫·威斯汀已死，山迪·麥索瑟也死了，但可洛不是凶手。」

她雙手背在身後，來回踱步，以堅定的眼神瞪視每一組繼承人，繼承人也瞪回去，不知道自己是陪審團還是被告。

葛蕾絲・韋克斯勒抬頭對自己的女兒眨眼。「那是誰？」

「地區律師。」傑克回答：「妳繼續睡吧。」

小龜現在皺起眉頭，不再露出神祕的笑容，表現得像她在電視上見到的每一個優秀律師，試圖打贏不可能贏的官司。她的模仿只有一個瑕疵，就是偶爾會快速轉頭。（她喜歡短髮在臉四周甩動，感覺很大人。）

「讓我從頭說起。」她開口：「九月一日，我們搬進了日落塔，兩個月後的萬聖夜，荒廢的威斯汀宅煙囪冒出了煙。」她的第一個證人是當天最有可能盯著屋子的人。「請克里斯多斯・席歐多拉基斯站到證人席。」

克里斯將他沉著的手按到《聖經》上，發誓自己說的全是真話，都是完整的事實，不摻半點虛假。真好玩！

「席歐多拉基斯先生，你是個賞鳥家對吧？」

「是。」

「十月三十一日那天，你有沒有賞鳥？」

「有。」

「你有沒有看到任何人進入威斯汀宅？」

「我看、看到一、一個瘸子。」

很好，現在她有些進展了。「那個瘸子是誰？」

「是塞、塞克斯醫師。」

「謝謝，你可以回座了。」小龜轉頭對其他見證者說：「塞克斯是山姆．威斯汀的朋友，遺囑見證人，也是他在遊戲中的共犯。在前述日期，他跛腳走進威斯汀宅，在壁爐裡生了火。為什麼？」

她的下一個證人將會回答。

⋮

福特法官要求證人摘下他的飛行頭盔，他斑白的頭髮很蓬亂，但顯然上理髮廳修剪過。「請把你的槍交由法庭保管。」

「喔，天啊！」芙蘿拉．波拜克倒抽一口氣，因為她看到奧提斯．安柏拉下塑膠外套的拉鍊，從肩槍套抽出一把左輪手槍交給法官，法官將槍鎖在她那張桌子的抽屜。

小龜也跟其他房客一樣嚇到了。「安柏先生，」她英勇的開口：「看來我們的身分都跟自己宣稱的不符。我要說的是，你到底是誰？」

「我是有牌的私家偵探。」

「那你為什麼要偽裝成一個蠢送貨員？」
「那是我的偽裝。」
小龜應對的是一個經驗豐富的證人。「安柏先生，雇用你的人是誰？」
「那是機密。」
法官進行仲裁。「安柏先生，你最好配合，這是為了可洛好。」
「我有三個客戶：山姆．溫．威斯汀，巴尼．諾思魯普，荷西—喬．福特法官。」
小龜結結巴巴的拋出下一個問題。「雇主要你調查什麼？你又發現了什麼？把你知道的一切都說出來。」奧提斯．安柏現在表現得像個普通人，令小龜看了很不安。
「二十年前，山姆．溫．威斯汀的妻子離開了他，他便雇用我尋找可洛的下落，幫助她遠離事端，確認她再也不會使用威斯汀這個名字。我的偽裝就是為了這個目的想出來的。我每個月都會寄送一份報告給山姆．威斯汀，然後會收到威斯汀鎮銀行的支票，一直到上個禮拜為止。他通知我，我不需要再為他工作了，不過可洛還是需要我，因此我一直待在她身邊，不管狀況有什麼改變。我已經愛上那個女人了，我們一起相處了這麼多年。」

「巴尼．諾思魯普先生要你做什麼，又為何雇用你？」

「電話簿的私家偵探欄內，安柏的名字排第二；也許排第一的喬．亞倫的電話當天忙線。總之，巴尼．諾思魯普要我調查六個人。」

「哪六個？」

「荷西—喬．福特法官，喬治．席歐多拉基斯，詹姆斯．胡，葛蕾西．溫克洛普，芙蘿拉．波拜克，還有賽比爾．普拉斯基。最後一個人我搞錯了，我幫法官調查可洛前半生時發現自己弄混了，把賽德爾．普拉斯基當成了賽比爾．普拉斯基。」

「請你再說一次。」法庭速記員問。

「賽德爾．普拉斯基。」奧提斯又說了一次，然後轉頭面向法官。「我先前不能告訴你可洛跟山姆．威斯汀的關係——利益衝突，妳懂我的意思吧。」

福特法官很清楚。山姆．威斯汀預測了她的每一步棋，所以奧提斯．安柏（與他的機密情報）才成為了其中一個繼承人，好說服可洛（皇后）參與遊戲，而她也真的被說服了。

小龜還有更多問題。「你的意思是，巴尼．諾思魯普沒要求你調查丹頓．迪爾、可洛或是山迪？」

「沒錯。丹頓・迪爾出現在我對葛蕾西・溫克洛普——也就是韋克斯勒家做的調查報告中。巴尼・諾思魯普說他要幫日落塔雇一個女清潔工，薪資優渥還附一個小公寓，因此我推薦了可洛。我不知道山迪是怎麼弄到門房的工作。」

「安柏先生，你也受到福特法官雇用。我想搞清楚所有人的真面目，你有沒有為法官調查所有繼承人？」

「我並沒有調查法官或她的搭檔。」

法官氣得怒髮衝冠，因為這讓她想起自己的愚蠢。

「因此，」小龜接著說：「你並沒有為任何一個客戶調查我們稱為山迪・麥索瑟的男人？」

「完全沒有。」

「還有一個問題。」這是她發現奧提斯・安柏另有真面目前就想問的。「萬聖節那天下午，我們看到威斯汀宅煙囪升起煙霧時，你說了一個東方風地毯上有屍體的故事。」

「我看到了。」葛蕾絲・韋克斯勒哭喊：「我看到他了。」

小龜把法庭運作規則拋到腦後，衝到她媽身邊。「媽，妳看到誰了？誰？誰？」

（胡太太以為她說的是一連串「胡」，嚇到溜走了。）

「門房。」葛蕾絲回答，抬起她茫然的臉轉向丈夫：「他死了，死在東方風地毯上。傑克，真是太糟了。」

傑克撫摸妻子的頭髮。「我知道，葛蕾絲，我知道。」

小龜轉頭對證人說：「安柏先生，你說那個陰森的故事，是為了激我們當晚前去威斯汀宅嗎？」

「並不是。山迪那天早上說了那個故事給我聽，我們決定用來嚇你們這些小鬼，因為是萬聖節啊。」

「謝謝你，安柏先生，你可以下台了[12]。」（下台是法庭用語，這裡的地面是平的。）小龜轉身面對困惑的眾人。「在壁爐生火，是為了將我們的注意力吸引到那棟廢棄房屋去。鬼故事是為了激某人前去宅邸，而那個某人就是我。我溜進房子裡，跟著塞克斯醫師的呢喃前進，最後在床上發現了山姆．溫．威斯汀的屍體。我現在要請丹頓．迪爾站上證人席。」

⁘

小龜盯著她最看不順眼的繼承人。「實習醫師迪爾，你看過棺材裡的山姆．

溫．威斯汀遺體，他看起來像是被下毒了嗎？」

「我看不出來，他的遺體做了防腐。」

「實習醫師迪爾，你發過誓要說實話。你確定山姆．溫．威斯汀的遺體做了防腐處理嗎？你能發誓嗎？」

那是什麼誘導式的問題？「我無法發誓，辦不到。我並沒有檢查棺內的遺體。」

「你並沒有檢驗棺材內的那具遺體，有沒有可能那根本不是屍體？而是穿著山姆大叔衣服的蠟像。」

「我不是蠟像專家。」

「可能還是不可能？」

「是，有可能，任何事都有可能。」這小兔崽子到底想說什麼？還是說，她只是想要我？

「實習醫師迪爾，你或許不是蠟像專家，但你是醫療診斷的專家吧？你也檢查了山迪．麥索瑟的遺體，對吧？」

---

12 此為step down。

「第一個問題的答案是，對。第二個問題的答案是，錯。我並沒有檢查山迪的遺體，我只是在救兵抵達前讓他躺得舒服一點。塞克斯醫師接手前，他還活著。」

小龜迅速轉頭，隱藏自己的微笑。「但你肯定看到了夠多症狀，才做出了絕佳的診斷。」她用眼角瞥了法官一眼，最後一個字用得不太對。

「冠狀動脈血栓。」實習醫師做出診斷，「但那只是一個猜測。用更簡單的說法：心臟病發。」

「那山迪就不可能死於過度飲用檸檬汁了對吧？我親眼看到可洛幫他加了檸檬汁到隨身酒壺內。」小龜可以叫安潔拉出來作證，但她不希望古怪的姊姊亂招一通。

「我從來沒聽過有人喝檸檬汁喪命。」醫療專家回答。

「我還有一個問題，實習醫師迪爾。你發誓山迪的小腿上，真的有個被人踢出來的瘀傷？」

「絕對有。我自己也被踢過，因此很清楚。」

「你可以下台了。」

⋯⋯

「請賽德爾・普拉斯基站到證人席。賽德爾・普拉斯基！」

這位祕書激動到得讓其他人攙扶著，才能發誓自己接下來的發言皆無虛假。

「普拉斯基小姐，我很讚許妳的想法，速記遺囑是個好點子。」

「職業習慣。」

「這看起來確實很有職業水準，打字很完美——呃，幾乎完美。妳似乎漏了第三段的最後一個字：

我的財產面臨了關鍵時刻。
贏得這筆橫財的人將是找到……

找到什麼，普拉斯基小姐？找到什麼？」

塞德爾被小龜的嚴厲目光瞪得侷促不安，居然讓那小鬼抓到唯一的失誤。

「太多人在講話了，我聽不到那個字。」

「少來了，普拉斯基小姐，妳說妳是職業級的。」

對證人緊咬不放，而且咬得相當好，福特法官心想，接著幫祕書辯護。「小龜，我認為沒有人聽到後面那個字。麥索瑟先生在那時開了個『鈔票隨風飄』的玩笑。」

「妳可以下去了，普拉斯基小姐。」小龜盯著遺囑，不客氣的說。法官說得對，山迪在那時開了個玩笑，說鈔票隨風飄。**風**（**winds**），**溫迪**（**Windy**）·**溫克洛普**（**Windkloppel**），不對，還是說不通。你擁有的不算數，你沒有的才是重點——也許後面根本沒接任何字。她繼續念：

四、我向你致敬，喔，充滿機會的國度！讓我這個貧窮的移民之子變得富有、強大、受人尊敬。

所以說我的繼承人啊，你們要充分估量美國，頌讚這塊慷慨的土地。只要敢參加威斯汀遊戲，你也可能一夜致富。

五、請坐下，法官。這位優秀的年輕律師現在會給妳一封信，請念出來。

「福特法官，妳可以將那位優秀年輕律師給妳的信，當作證物呈上嗎？」

「那只是常見的精神鑑定書，證明威斯汀神智清明，由塞克斯醫師簽署。」

法官一面回答一面從檔案夾中取出信封。然而那封信不見了，信封裡現在裝著一張收據。

十一月一日，收到支票	$ 5,000
十一月十五日，收到支票	+5,000
福特法官支付總額	$10,000
荷西—喬・福特學費	–10,000
積欠山姆・威斯汀的總款項	0

「很遺憾，原始信件被置換成給我的私人訊息了，它跟本案無關，而且……」

「有的，請拿去。」發抖的胡太太站到法官面前。「我是為了回中國。」她膽怯的說，並將一個包袱放到桌上。這位小偷輕聲哭泣，退回座位上。

法官解開包袱，讓印花絲質布料散開後露出贓物：她父親的鐵路錶、珍珠項鍊、袖扣、一組別針和耳環、一個時鐘（葛蕾絲．韋克斯勒的銀十字架始終不見蹤影）。

「我的珍珠！」芙蘿拉．波拜克開心的呼喊：「妳在哪裡找到的啊，胡太太？真是感謝妳。」

胡太太不明白這位圓滾滾的小個子女士為何要對她微笑。她小心翼翼的從指間偷看。喔！其他人沒在笑，他們知道她很壞，而胡先生的憤怒淹沒在羞恥之中。

「也許偷竊在中國不被視為偷竊啊。」塞德爾．普拉斯基笨拙的釋出善意。

法官敲了敲她的木槌。「我們繼續進行手上的案子。律師，妳準備好了嗎？」

「是的，庭上，請稍候。」小龜走向害怕的賊。「喏，妳可以留著這個。」

胡太太以顫抖的雙手接下小龜的米老鼠時鐘，將這無價之寶抱在胸前。「謝謝妳，好女孩，謝謝妳，謝謝妳。」

「沒什麼。」

其他繼承人都焦躁著希望審判繼續進行，他們很同情這可憐的女人，但場面實在太難堪了。

⋮

還有半小時，勝利就在不遠處了，小龜感覺得到、嚐得到，不過有個問題還是令她困惑。「各位先生女士，山姆．威斯汀是誰？」她開口：「他是可憐的溫迪．溫克洛普，一位移民之子；他是富有的山姆．威斯汀，一家大紙廠的老闆。他玩遊戲時很快樂，也為自殺的女兒悲傷。他搬到遙遠的島嶼孤單過活，他生病後回來這裡，要在死前探視朋友和親戚。他確實死了，但不是死在我們認為的那一刻。遺囑宣讀時，山姆．威斯汀還活著。」

法官敲槌要大家肅靜。

小龜接著說：「新聞八成是山姆．威斯汀自己打電話去刊的，裡頭提到兩個有趣的事實。一、山姆．威斯汀車禍後就再也沒有人見過他了。二、山姆．威斯汀表現得像在演國慶歷史劇，用聰明的偽裝把每個人耍得團團轉。因此我認為，山姆．威斯汀在遺囑宣讀時不僅活著，還扮成了其中一個繼承人。沒人認得出他，他車禍撞爛了臉。要偽裝很簡單：只要有鬆垮的制服、缺損的門牙。」

山迪？

她是指山迪嗎？

法官敲了她的槌子好幾次。

「是的，各位女士先生。」小龜接著說：「山姆．威斯汀不是別人，正是我們親愛的朋友，門房山迪。你們可能會說，可是山姆．威斯汀不喝酒啊，但山迪也不喝。萬聖節那天我用了他的隨身酒壺，結果我的汽水有好奇怪的餘味，但那又不是威士忌的味道。我知道威士忌嘗起來是什麼味道，因為我會用來舒緩牙痛。就像藥的味道。山迪是個病人，隨身酒壺是他偽裝的一部分，但裡頭也裝著讓他保命的藥。」

在場眾人目瞪口呆，小龜盯著他們的臉看。很好，他們相信她的小謊了。

「就像我稍早說的，我看到可洛在廚房加了檸檬汁到隨身酒壺內，但在我回遊戲房的路上，看到了更有趣的場面：我看到山迪走出圖書室。偽裝成山迪的山姆．威斯汀，在大家都給出答案之後才寫下遺囑的最後一部分，然後用複製的鑰匙鎖進圖書館，把文件放進那張桌子的抽屜裡。」

「可是，你們會問，那謀殺呢？」小龜說，儘管沒人問。「根本沒有謀殺案。謀殺這個字是山迪提出來的，目的是引我們往錯誤的方向思考。遺囑說：我絕非自然死亡。我的生命是被奪走的——被你們其中一個人奪走的！山姆．威斯汀變成山迪．麥索瑟時，他就奪走了自己的生命。而山迪是在藥用完之後死去。」小龜打住，假裝讓繼承人深思她說出口的最後幾個字，實際上則是在想下一步該怎麼辦。

為什麼小龜跳過巴尼．諾思魯普不提？法官猜想，小龜從小腿上的瘀青，得知諾思魯普與麥索瑟是同一人。她可能是不想讓陪審團陷入混亂，要不就是她跟我一樣，不知道山姆．威斯汀為何要扮演兩個角色。

為什麼山姆．威斯汀非得扮演兩個角色呢？小龜納悶。就算不扮演房仲巴尼，門房這個角色也已經夠吃重了。為什麼是兩個角色？不，不是兩個，是三個。溫迪．溫克洛普用了三個化名：一、山姆．溫．威斯汀；二、巴尼．諾思魯普；三、山迪．麥索瑟。

法官有個問題：「麥索瑟先生當然可以補充他的處方藥吧？還是說，妳在暗示他選擇自殺？」

「請再說一次？」小龜正在尋找遺囑的某個段落。

我的財產面臨了關鍵時刻。贏得這筆橫財的人將是找到……

四、……

就是這個，一定不會錯的：贏得這筆橫財的人將是找到「第四」者！溫迪．溫克洛普使用了四個假名，而她知道第四個是哪一個！小龜．愛麗絲．塔比莎——露絲．韋克斯勒，妳要緩慢的、非常緩慢的轉頭面對法官，裝傻，請她再問一次那個問題。「很抱歉，庭上，能請妳再問一次嗎？」

小龜知道些什麼，法官之前就看過這個表情。山姆．威斯汀即將獲勝前會露出這個表情。「我問妳——認不認為山迪是自殺而死？」

「他不是，女士。」小龜悲傷的說，萬分悲傷。「山迪．麥索瑟——山姆．威斯汀得了絕症，受到可怕的折磨。他原本就快死了，只是自己選擇了他的死亡時間。請聽遺囑的這段：

六、前往遊戲室前，請為你們好心的老山姆大叔默哀一分鐘。

「各位先生女士，各位繼承人（我們都繼承了一些東西），讓我們為恩人山姆．威斯汀，也就是門房山迪低頭默哀吧。」

「可洛！」奧提斯從椅子上跳了起來，因為普拉姆帶著那位女清潔工進門了。

27 ◆ 快樂的第四人

奧提斯．安柏的飛行員帽，又開始在他的耳朵上方擺動了。他對著一同經營慈善廚房的伙伴跳上跳下，雙手環抱住她緊繃的身體，緊緊攬著她。

「嘿，可洛，我的老友，老友啊老友。」

「他們說我是無辜的，奧提斯，他們說我無辜。」她口齒不清的說。

安潔拉也想用擁抱迎接她，但她們不可能對彼此很親近，安潔拉只能以不自然的笑容代替。可洛點點頭，壓低視線，後來才抬起頭看著緊抱米老鼠時鐘的胡太太。「東西很棒。」胡太太說，並伸出她沒抓東西的那隻手，用力和可洛握手。

「那是個令人悔恨的失誤。」普拉姆向法官解釋：「妳能想像嗎？警長想要逮捕的是我，不是可洛──我愛德加．簡寧斯．普拉姆──居然要逮捕律師！幸好法醫認定麥索瑟先生死於心臟病，山姆．溫．威斯汀也是。」

「小龜說得對，」席歐說：「沒有謀殺犯，驗屍官是劇本的一部分。」

普拉姆不知道席歐在說什麼。他用傲慢掩飾無知，繼續說下去：「我從一開始就懷疑這整件事有問題了。我現在來這裡只有一個目的，我要宣布辭去威斯汀遺產的所有相關代理工作，鄭重向各位道歉。」

「不是還有最後一份文件嗎？」福特法官問，她知道山姆．威斯汀得下他的最後一步棋。

「是，但我已經不是法律上的……」

「請呈上法庭。」

律師對「法庭」一詞感到困惑，但還是把信封放在桌上，離開了日落塔。

福特法官沒清喉嚨便開始讀威斯汀遺囑的最後一頁。

十七、再見了，我的繼承人。感謝你們帶來樂趣，和我玩這個遊戲。得知你們將我視為開心果門房，那麼的愛我，我現在可以安息了。

十八、我，山姆．溫．威斯汀，別名山迪．麥索瑟等等，在此宣布贈與我名下所有財產與所有物給下列人士：

你們所有人均分，還有日落塔的房契。我還要把一號桌遭沒收的一萬美金支票和荷西—喬・福特法官與亞歷山大・麥索瑟簽署的兩萬美金支票贈與我的前妻——柏斯・愛麗卡・可洛。

十九、太陽落到你們的山姆大叔身上了。

生日快樂，可洛。至於我所有的繼承人啊，七月四日國慶快樂。

福特法官放下文件。「就這樣。」

就這樣？那兩億美金呢？繼承人很想知道那筆錢該怎麼辦。

「我們輸掉遊戲了。」法官解釋，並盯著小龜。她現在又窩在芙蘿拉・波拜克懷中了，臉上籠罩著悲傷和孩童的天真。「我想。」

小龜起身走向側窗，尋找威斯汀宅的蹤影。它矗立在烏雲蔽月的夜色中，了無痕跡。（快點，山姆大叔，我快演不下去了。蠟燭一定已經燒到最後一節了。）

在她身後，不滿的繼承人發著牢騷：他耍了我們所有人。他把我們當成傀儡操縱。他是個好、好人、人。他是個報復心強、充滿怨恨的男人。溫克洛普？他耍了我們，這個騙子。瘋子，徹頭徹尾的瘋子。

「喔，天啊，喔，天啊，你們在說什麼？」芙蘿拉・波拜克說：「你們都賺了一萬美金，還有公寓可以落腳耶。那男人已經死了，何不往好處看呢？」

轟！

轟！

轟！

「七月四日國慶快樂！」第一發煙火照亮威斯汀宅和天空時，小龜大喊。

轟——。

轟！！！

繼承人都聚集到小龜站著的窗邊。

轟！各種顏色的星子在夜空爆開，銀色風車旋轉著，金色長矛往天際直衝而上，然後**轟**！緋紅色閃光炸開，猩紅冰雹，**轟**！翠綠色雨點，**轟**！**轟**！橘色火焰、紅色火焰躍出窗外，照亮塔樓、點燃樹木……

「**轟**！」胡太太大喊，開心的拍手。

這場煙火秀後來被稱為冬季煙火盛宴，持續時間只有十五分鐘。二十分鐘後，威斯汀家就燒成了平地。

「生日快樂，可洛。」奧提斯．安柏握住她的手。

早晨太陽的橘色光芒才剛爬上日落塔正面的大片玻璃，小龜就出發去領獎了。她往北騎，通過懸崖，威斯汀宅的燒焦殘骸還在那裡悶燒著。到十字路口後，她轉上狹窄的巷弄，蜿蜒的道路像是海岸線一樣。

⋮

贏得這筆橫財的人將是找到「第四」者。一旦確定自己該找什麼，答案就非常簡單了。**山姆·威斯汀（Westing）**，**巴尼·諾思魯普（Northrup）**，**山迪·麥索瑟（McSouthers）**——**西、北、南**[13]。如今她要去見溫迪·溫克洛普的第四個身分了。她八成也找到了他的地址，不用查電話簿——到了，日升巷四號。

一條長長的車道有高大的雲杉保持它的隱密性，這條路通往威斯汀紙業新科總裁的現代化宅第。小龜爬上樓梯，按下門鈴，然後等待。門開了。

小龜見到瘸腿醫師時感到一陣恐慌，她會不會搞錯了？「我想見**伊斯曼（Eastman）**先生，麻煩了。」她緊張的說：「跟他說小龜·韋克斯勒來了。」

「伊斯曼先生知道妳會來。」塞克斯醫師說：「沿著走廊一路走下去。」

---

13 名字中藏了英文的東（east）、西（west）、南（south）、北（north）。

走廊嵌了大理石地板（沒有東方風地毯）。她抵達盡頭後，進入一個貼木板牆面的圖書館（裡頭堆滿書）。他在那裡，坐在桌旁。

朱利安．R．伊斯曼起身，看起來非常嚴厲，而且非常體面。他穿著灰色西裝搭背心，還有一條條紋領帶，鞋子擦得光亮。他走向她時一跛一跛的，但不是塞克斯醫師那種腳變形的跛，只有一點點跛，疼痛造成的跛。小龜再度感受到恐慌。他感覺好不一樣，是個大人物。她不該踢他的（化身為巴尼．諾思魯普的他）。他走得更近了，無框雙光鏡片後方那雙水藍色眼鏡盯著她。他眼神冰冷，牙齒很白，但不怎麼平整（沒人會懷疑那是假牙）。他在微笑，他沒氣她，他在微笑。

「嗨，山迪。」小龜說：「我贏了！」

28◆日後……

小龜沒把這件事告訴任何人。她的解釋是：她每個禮拜六下午都會去圖書館。（這話有一半是真的。）「快下吧，小龜，妳不會希望婚禮遲到的。」

結婚典禮在胡家餐館舉辦。葛蕾絲從金氏世界紀錄級的宿醉中清醒後，在酒瓶上蓋了塊白布，然後在吧台撒上玫瑰花。今天不供酒。

新娘披著白色祖傳蕾絲製成的婚紗，光彩奪目，在傑克・韋克斯勒的帶領下沿著走道前進，經過一桌桌前來祝福的賓客。伴郎胡先生得意的衝著她輕盈的腳步燦笑，同時撐著緊張得腳軟的新郎。

安潔拉的臉頰上有道紅色疤痕，不過穿著淺藍色伴娘禮服的她，看起來就跟平常一樣滿足、可愛。另一位伴娘穿著粉紅色和黃色的禮服，還帶著搭配的拐杖。

賓客在典禮進行時落淚，也在宴會時哈哈大笑。芙蘿拉・波拜克邊哭邊笑。「波波，妳禮服改得很好耶。」小龜說。結果這位裁縫聽了哭得更慘。

「敬新娘與新郎。」傑克宣布，並舉起他的薑汁汽水。「敬可洛與安柏！」山姆．威斯汀大叔的繼承人，與善救世慈善廚房的成員輕叩彼此的玻璃杯，慶祝這歡樂的時刻。「敬可洛和安柏！」

⋮

4D公寓空無一物。福特法官最後一次從側窗望向懸崖，望向威斯汀宅曾經矗立的地方。她永遠解不開威斯汀的謎題了，但那樣也許更好。她欠的債總算還清了——連本帶利。她賣掉了她那份日落塔產權，得到的錢將會拿來支付下一個年輕人的學費，就像當年山姆．威斯汀幫助她那樣。

「嗨，福特法官，我來、來跟妳說再、再見。」克里斯推輪椅進門。

「喔，你好啊，克里斯，真是謝謝你，不過你怎麼沒在念書呢？你的家教呢？」她看著他脖子上掛的望遠鏡。「你不會又開始賞鳥了吧？你以後會有很多時間可以賞鳥，你要先趕上課業進度，才能考上好學校。」老天啊，她講話愈來愈像胡先生了。

「妳會來、來看我、我嗎？」克里斯問：「席歐離家去上大學、學之後，我、我有點孤單。」

很少笑的法官給了他一個微笑。他是個機靈的年輕人（真的很聰明。山迪曾這麼說），他會有光明的未來（山迪也這麼說過）。他需要她的影響力和額外的錢財，但她的各種要求可能會使他窒息。「我有空就會來看你，我也會寫信給你，克里斯。我保證。」

⋮

胡氏舒腳墊（專利商品）在藥妝店和修鞋店賣得很好。

「我們打下密爾瓦基市場後，我就帶妳回中國。」詹姆斯．胡向他的商業伙伴保證。

「好。」胡太太回答時以算盤加總著數字。不用急，她現在在日落塔有許多朋友了，而且不用煮菜，也不用再穿開衩開到大腿的旗袍了。丈夫買了一套很棒的褲裝給她拜訪顧客時穿，道格還在她生日那天送了自己其中一面獎牌給她戴。

⋮

舒茲臘腸公司的總裁祕書回去上班了。賽德爾．普拉斯基的腳踝已經痊癒，因此捨棄了她的拐杖。就算沒有拐杖，她也會受到許多人的矚目，畢竟她現在是個女繼承人了。（問她拿了多少錢不太禮貌，但每個人都知道山姆．威斯汀家財萬貫。）她當然可以退休去佛羅里達，但可憐的舒茲先生沒了她該怎麼辦？接著在某個永生難忘的星期五，舒茲先生帶她去吃了午餐。

⋮

傑克．韋克斯勒不再開業（兩種職業）了，因為他已被任命為政府諮詢小組的顧問，負責州樂透業務（多虧福特法官的推薦）。葛蕾絲以他為傲，她的兩個女兒也都表現不凡。事實上一切都很順利，順風順水。

「胡在一壘」非常成功，新老闆葛蕾絲．韋克斯勒會提供免費餐點給進城來的運動家，而大家都想光顧那些選手吃飯的地方。餐廳裡沒窗戶的那面牆上貼滿釀酒人隊、包裝工隊、公鹿隊球員的簽名照。葛蕾絲調正一張裱框的照片，上頭有個微笑的冠軍和他的簽名：給葛蕾絲．溫瑟．韋克斯勒，她供應全鎮最棒的食物——道格．胡。她顯然是個幸運的女人，既是受人敬重的餐廳業者，也是州級官員之妻，還生了史上最聰明的小孩。小龜總有一天會成為大人物。

安潔拉臉頰上留著一條細細的疤痕，永遠除不掉了。它微微隆起，讓她養成了一個新習慣，就是專心看書時會用手指撫觸。她又回去念大學了，為了存接下來念醫學院的學費住在家裡。她把訂婚戒指還給了丹頓·迪爾，可洛的婚禮結束後，她就沒再見過他了。普拉姆被掛斷十次電話後，也不再打電話給她了。安潔拉沒時間，也不想和其他人有更多往來，因為她得念書，每個禮拜跟賽德爾出去逛街一次，禮拜天還得在慈善廚房幫忙可洛和奧提斯。

「讀書，讀書，讀書。」小龜說。

安潔拉很少和妹妹碰面，她不是在學校，就是在芙蘿拉·波拜克家或圖書館。「嗨，小龜，妳今天怎麼這麼開心？」

「股市漲了二十五點。」

⋯⋯

新婚夫婦可洛和奧提斯搬到善救世慈善廚房樓上的公寓，並用他們分到的遺產改裝、擴張了慈善機構的店面。葛蕾絲是室內裝潢總監：天花板上掛銅鍋，長椅裝上花朵圖案的墊子，還加了放讚美詩集的收納袋和可掀式餐盤。每天供應的湯裡都有肉，而且附新鮮麵包。

29 ◆ 五年後

前送貨員奧提斯蹦蹦跳跳的進了胡家的湖畔新居。「歡呼吧，安柏夫婦登場！」奧提斯來慶祝道格的勝利，他穿著老拉鍊外套、戴上飛行員帽，在下巴蓄起鬍子。更不一樣的是他送貨用的腳踏車，改成了慈善廚房的廂型車。「胡先生，感謝你的慷慨捐贈，上帝保佑你。」可洛說：「奧提斯和我把鞋墊發給去我們那裡的人，大大的舒緩了他們的不適。」

她看起來變憔悴了，皮膚緊貼著脆弱的骨架，還是穿著一身黑。

另一方面，胡先生看起來發福了，也比較少發脾氣。事實上，他的心情幾乎可用快樂形容。他的事業如日中天，密爾瓦基人非常愛胡氏舒腳墊，芝加哥人、紐約人、洛杉磯人也是，不過，他還沒帶妻子去中國。

席歐·席歐多拉基斯成了剛從新聞學院畢業的菜鳥記者，他舉起一份剛印好、熱騰騰的報紙：

奧運英雄返鄉

他們用了四個專欄的篇幅，來介紹一英哩賽跑金牌贏家兼新紀錄締造者的個人史和成就。關於鎮上英雄的文章不是席歐親自撰寫，不過他幫那位執筆的記者削了鉛筆。

「道格，向大家敬禮。」胡先生眉開眼笑。

道格跳上桌，高舉食指。「叫我第一名！」他大喊。奧運金牌掛在他的脖子上，頭髮沾了遊行的五彩碎紙。威斯汀繼承人都在為他歡呼。

⋯

「你好啊，傑克，真高興你來了。」桑妮（大家現在都這樣叫胡太太）說，並和州博彩委員會的主席握手。

「轟！」傑克．韋克斯勒回答。

⋯

「妳好，安潔拉。」丹頓．迪爾留了濃密的鬍子。他成了神經內科醫師，沒有結婚。

「你好，丹頓。」安潔拉的金髮梳成一個後頸上的髻。她沒化妝，醫學院讀到第三年了。「好久不見。」

「還記得我嗎？」賽德爾．普拉斯基穿著一件紅底白點洋裝，撐著一根紅底白點的拐杖。她在辦公室派對上跳探戈，扭傷了腳。

「我怎麼可能忘記妳呢，普拉斯基小姐。」丹頓說。

「這是我的未婚夫康拉德．舒茲，舒茲臘腸公司的總裁。」普拉斯基說。

「你好啊。」

⋯⋯

「福特法官，這是我朋友，雪莉．史塔弗。」克里斯多斯．席歐多拉基斯現在是大三生。最近新開發的藥物安定了他的四肢，說話也很流暢。他坐在輪椅上，這點以後也不會改變了。

「妳好，雪莉。」法官說：「克里斯寫來的信常提到妳。抱歉我很少回信，克里斯，上個月我有件難纏的案子要處理。」她現在是聯邦上訴法院的法官了。

「今年夏天，克里斯和我都要去中部進行賞鳥之旅。」

「是，我知道。」

⋯⋯

念在老交情的份上，葛蕾絲．韋克斯勒親自負責派對的外燴，並用托盤端著開胃菜在客人之間穿梭。她現在是五家連鎖餐廳的老闆了：胡在一壘、胡在二壘、胡在三壘、胡在四壘、胡在五壘。

「跟芙蘿拉．波拜克說話的那個漂亮小姐是誰？」席歐問。

「喔，那是小龜呀。她長大了許多，對吧？現在大二，十八歲，自稱T．R．韋克斯勒。」

T．R．韋克斯勒容光煥發，這天稍早，她第一次打敗了西洋棋大師。

30 ◆ 劇終？

小龜在八十五歲的朱利安．R．伊斯曼床邊守了一夜。T．R．韋克斯勒取得了管理學碩士學位、企業法碩士學位，而且已經在威斯汀紙業當了兩年法律顧問。她在股票市場賺了一百萬美金，賠個精光，然後又賺了五百萬。

「小龜，我就到這裡了。」他的聲音很虛弱。

「山迪，你可以死在我眼前，我還是不會相信的。」

「放尊重點，我還能改我的遺囑。」

「不，你不行，因為我是你的律師。」

「這就是我付了那麼多昂貴學費後得到的『感謝』。法官過得好嗎？」

「福特法官已被任命為美國最高法院的法官了。」

「世事難料，正直的荷西—喬進了最高法院。她以前也是個聰明的孩子，但下西洋棋從來沒贏過我。小龜，告訴我其他人怎麼了。可憐又聖潔的可洛好嗎？」

「可洛和奧提斯還在滔湯。」小龜說謊。可洛和奧提斯・安柏已經在兩年前去世，其中一個先走，另一個在一週後跟上。

「那個在拐杖上畫圖的怪女人呢，她叫什麼名字？」

「賽德爾・普拉斯基・舒茲，她和丈夫搬到夏威夷了。安潔拉跟她有聯絡。」

「安潔拉，妳那個美麗的炸彈客姊姊呢？」

在這之前，小龜根本不知道他知情。「安潔拉現在是整型外科醫師。」朱利安・R・伊斯曼的身體已老邁，不過他的心突然也變老了。他戴上繼承人遊戲結束後就再也沒戴過的缺了門牙的假牙，回到他最快樂的時光。山迪快死了，真的快死了。小龜忍著淚水。「安潔拉和丹頓・迪爾結婚了，他們有個女兒叫愛麗絲。」

「愛麗絲……芙蘿拉・波拜克總是叫妳愛麗絲不是嗎？」

「以前是，她現在叫我T・R・韋克斯勒，跟大家一樣。」

「小龜，那個裁縫師好嗎？告訴我大家過得好不好，每個人都說。」

芙蘿拉・波拜克幾年前搬去跟小龜住，從此不再當裁縫師了。「波波過得很好，大家都很好。席歐多拉基斯夫婦（記得嗎？他們在日落塔有家咖啡店）退休搬去佛羅里達了，克里斯和他的太太雪莉在大學教鳥類學，兩人都是教授。克里斯上次去南美時發現了新品種的鳥類，以他的名字命名：叫什麼什麼克里斯多斯鸚鵡。」

「克里斯多斯鸚鵡，我喜歡。那個田徑明星呢？有沒有拿到更多獎牌？」

「連續拿下兩次奧運金牌，道格現在是電視台體育主播。」

「胡先生的發明順利嗎？妳知道的，是我給了他靈感耶。」

「他的發明棒透了，山迪。」胡先生也死了。桑妮・胡總算去了一趟中國，但又回來繼續經營事業。

「談談我的姪女葛蕾西・溫克洛普吧，她現在還認為自己是室內設計師嗎？」

「我媽進了餐飲業，有十家連鎖餐廳，其中九家相當成功。我一直要她放棄不賺的胡在十壘減少赤字，但她還是跟以前一樣固執。我猜她堅持不關是因為那家店在麥迪遜，離爸很近。爸現在是州犯罪事務專員了。」

「他很適任。妳丈夫呢？他寫作寫得如何？」

他還記得。「席歐很好，第一本小說大概賣了六本，不過獲得很好的評價。他剛寫完第二本書。」

「你們兩個什麼時候要生小孩？」

「總有一天吧。」小龜和席歐已經決定不生小孩，因為小孩可能會遺傳克里斯的病。「如果生男孩，我們會叫他山迪，生女孩的話，呃，大概還是可以叫她山迪吧。」

老人的聲音虛弱到幾乎聽不見了。「妳剛剛說安潔拉有個小女兒？」

「對，愛麗絲，她十歲。」

「跟她媽一樣美嗎？」

「恐怕不美，她長得比較像你和我。」

「小龜？」

「怎麼了，山迪？」

「小龜？」

「我就在這裡，山迪。」她握起他的手。

「小龜，叫可洛幫我禱告。」

他的手變冰了。不滑，也不像蠟，就只是非常、非常冰。

小龜望向窗外，太陽從密西根湖升起。翌日已經來臨，這一天是七月四日國慶日。

⋮

朱利安・R・伊斯曼死了，溫迪・溫克洛普、山姆・溫・威斯汀、巴尼・諾思魯普、山迪・麥索瑟也死了。而且隨著他的死亡，小龜心裡有一塊地方也死去了。

沒人知道她的祕密，就連席歐也不知道。T・R・韋克斯勒為威斯汀紙業董事長之死感到哀痛萬分，這是可以理解的。她是他的法律顧問，她將繼承他的股份，成為公司的執行長，直到她也獲選為董事長的那天。

她穿著一身黑，急忙離開禮儀公司。這天是星期六，她有一個重要的約。安潔拉每個禮拜六都會帶她的女兒到韋克斯勒—席歐多拉基斯宅去，讓她跟小龜阿姨聚聚。

小女孩到了，在圖書館等著小龜。她留了一條長長的辮子，波波正在幫它綁上紅色緞帶。

「嗨，愛麗絲。」T・R・韋克斯勒說：「準備要下盤西洋棋了嗎？」

紀念版序

一九七〇年前，艾倫．拉斯金在世人心中是個插畫家，還不是作家，儘管她有幾本著名圖畫書的文字都是自己寫的——《街區無事》、《然後下雨了》、《奇觀》。一九六九年前，我跟她並不算真的認識，雖然當時我在霍特、萊恩哈特與溫斯頓出版社擔任童書編輯，而她幫我們畫了蘇珊．巴列特《書：就從這本下手》、蕾貝卡．寇迪《一起來！》的插畫，還為上千本書的封面繪製插圖，她相當引以為傲。

我們友誼的真正起點是在一節煙霧瀰漫的賓州鐵路車廂內（艾倫就像《莫．Q．麥古拉奇》的同名角色一樣，菸抽得很兇）。那次我們要從紐約前往賓州，參加同一場座談會。我停下腳步向她打招呼時，她說：「我很緊張，所以一個人坐在這裡。我好討厭在公開場合講話。」「我也很討厭。」我說：「而我甚至已經戒菸了。」在交談結束後隨之而來的沮喪氣氛中，我們開始有了交情。

就在那年，我離開霍特到E．P．達頓出版社工作，辦公室位於聯合廣場和第十七街，走一小段路就能抵達位於八街的艾倫公寓，我們於是更常碰面了。她有天透露了一件事：她一直很想把克里斯提娜．羅賽蒂的《小妖魔市》改編成圖畫書的內文。我想起那首詩澎湃豐富的視覺描寫，好想看看她會怎麼畫。「妳可以在我這裡出版嗎？」我問。「可以。」她回答：「珍（珍．卡爾，她在雅典娜出版社的編輯）不想出。」艾倫總是有話直說。她就這麼動筆了——這是她在達頓出的第一本書，書裡其中一張細膩錯綜的畫現在掛在我家牆上。

我們經常聊各自的生活，我尤其愛聽她家人的故事，愛聽她說和爸媽、妹妹在經濟大蕭條期間開車在鄉下到處繞，好讓她爸爸找工作。這趟史詩級的謀職之旅將他們從密爾瓦基帶到加州。「妳應該要寫本書談大蕭條時期的童年。」我告訴她。

她真的寫了，不過寫出來的不是我期待的半自傳青少年小說。大約一年後，她帶著《里昂的神祕失蹤》的稿子出現在我辦公室。我好愛這本書，裡面有句不朽的台詞：「葡萄鐘琴太太。」有誰會不愛呢？不過它寫的並不是經濟大蕭條。還是說，它其實是呢？

艾倫接著寫了《費格家的幻影》，一部層次豐富、架構精巧又非常感人的作品，然後是美妙的夏洛克・福爾摩斯致敬作《刺青馬鈴薯與其他線索》。這時她已經搬離八街了，贈書寄到她位於紐約格林威治村同志街十二號的新家，一棟迷人的十九世紀磚造房屋。艾倫與她的丈夫——《科學人》編輯丹尼斯・佛萊納根，以及艾倫的女兒蘇珊一同住在那裡。艾倫在書中鉅細靡遺的描繪了屋中細節，尤其是陽光從挑高屋頂的巨大天窗注入工作室的模樣。

她就在那個工作室內完成了她的最後一本書——《繼承人遊戲》。一如往常，我當時並不知道她在創作怎樣的作品，因為她自己也不知道。她說要是知道故事會怎麼發展，寫著寫著就會覺得無聊，坐看情節發展是她的創作動力。而在她書寫的過程中，沒錯，她創造出了複雜的情節架構，線索中還有線索。她腦袋裡到底都裝著什麼！

而我幫她校對的過程中，必須搞懂所有內容，智商真的受到了很大的考驗。我還提醒她一件事：妳寫得「太大人」了。她聽了之後還是像平常那樣直率的回答我：「我不知道童書長什麼樣子。」她只讀大人看的書。不過我從來沒打算把她的文章改得「更適合小孩」一點，因為她的文字太機智、太好笑、太靈巧了——她的獨特性就在這裡，我不可能刪改。她說她是為自己心中的小孩寫作，但我一度認為她說得不對，她的對象應該是小孩心中的大人才是。她從來不會對小朋友表現出不尊重，或是「降低自己的水準」來服務他們，因為她根本不知道要怎麼辦到。

艾倫有多重角色：在證券市場賺了一大筆錢的理財巫師、認真的藏書家、音樂人——曾譜曲搭配威廉．布萊克的詩，熱愛又崇敬舒伯特。更重要的是，她非常勇敢。她很愛《紐約客》的無所顧忌，因為她也有相同的特質。紐約公共圖書館請她大聲朗讀一段《繼承人遊戲》中的文字，她便選了第十四章，包含席歐對安潔拉唱〈美麗的美利堅〉第三段的部分。排練時她在地鐵上大聲唱歌，她認為自己要是在那裡唱得出來，就一定能在一群友善的圖書館館員面前表演。她辦得到，也辦到了。

我在前面提過，艾倫和我是感情深厚的朋友。她以朋友的身分告訴我，疾病才是對她勇氣的真正考驗。她罹患的結締組織病變帶給她劇烈的疼痛。痛覺較和緩時，她總是充滿能量，全速運轉——從事許多她感興趣的事，包括在長島海灘的小屋照料菜園。不過隨著時間過去，疼痛舒緩期愈來愈短。疾病在一九八四年奪走了她的生命，當時她年僅五十六歲（艾倫，我透露了妳的年紀，請原諒我）。丹尼斯在她工作室的天窗下舉辦了追思會。他念完悼辭後，弦樂四重奏就開始演奏舒伯特的〈死神與少女〉，直到現在，我聽到那首曲子內心還是會一痛。

《繼承人遊戲》出版已經滿二十五年[14]了，它將被介紹給下一個世代的讀者，我知道她一定會為這件事感到開心。

讀者們，閱讀的饗宴要開始了，振作精神吧。遊戲即將開始。艾倫，願妳安息。

安．杜雷爾
於紐約市

14 本文撰寫於二〇〇三年，時值《繼承人遊戲》出版滿二十五年。安．杜雷爾為作者之編輯與摯友。

世界經典書房07
繼承人遊戲
The Westing Game

作　　者　艾倫・拉斯金（Ellen Raskin）
譯　　者　黃鴻硯
繪者／封面設計　達姆
內頁編排　張彩梅
編輯協力　葉依慈
責任編輯　汪郁潔

國際版權　吳玲緯
行　　銷　何維民　吳宇軒　陳欣岑　林欣平
業　　務　李再星　陳紫晴　陳美燕　葉晉源
副總編輯　巫維珍
編輯總監　劉麗真
總 經 理　陳逸瑛
發 行 人　凃玉雲
出　　版　小麥田出版
10483台北市中山區民生東路二段141號5樓
電話：(02)2500-7696　傳真：(02)2500-1967
發　　行　英屬蓋曼群島商家庭傳媒股份有限公司
城邦分公司
10483台北市中山區民生東路二段141號11樓
網址：http://www.cite.com.tw
客服專線：(02)2500-7718｜2500-7719
24小時傳真專線：(02)2500-1990｜2500-1991
服務時間：週一至週五09:30-12:00｜13:30-17:00
劃撥帳號：19863813　戶名：書虫股份有限公司
讀者服務信箱：service@readingclub.com.tw
香港發行所　城邦（香港）出版集團有限公司
香港灣仔駱克道193號東超商業中心1/F
電話：852-2508 6231　傳真：852-2578 9337
馬新發行所　城邦（馬新）出版集團 Cite (M) Sdn Bhd.
41-3, Jalan Radin Anum, Bandar Baru Sri Petaling,
57000 Kuala Lumpur, Malaysia.
電話：+6(03) 9056 3833　傳真：+6(03) 9057 6622
讀者服務信箱：services@cite.my
麥田部落格　http://ryefield.pixnet.net
印　　刷　前進彩藝股份有限公司
初　　版　2020年4月
初版六刷　2022年8月
售　　價　360元

ISBN 978-957-8544-30-7
Printed in Taiwan.

國家圖書館出版品預行編目資料

繼承人遊戲／艾倫・拉斯金（Ellen Raskin）作；黃鴻硯譯. -- 初版. -- 臺北市：小麥田出版：家庭傳媒城邦分公司發行, 2020.04
面；　公分. --（世界經典書房；7）
譯自：The westing game
ISBN 978-957-8544-30-7（平裝）

874.59　　109002217